冬夜繁星

古典音樂與唱片札記

周志文

但是，什麼比你更崇高得無限？
什麼比山上樹上的果實更新鮮？
比天鵝的翅、鴿子、和高飛的鷹，
更莊嚴、美麗、奇異而安寧？

濟慈〈睡與詩〉

———————◄○►———————

But what is higher beyond thought then thee?
Fresher than berries of a mountain tree?
More strange, more beautiful, more smooth, more regal,
Than wings of swans, than doves, than dim-seen eagle ?

John Keats, *Sleep and Poetry*

目次

序
夜空繁星閃耀

　　收在這本書中的，是一些談音樂的文章。

　　我常聽音樂，以前寫的散文，也有談音樂的部分，不過多是隨興所寫，事先沒有計畫，事後沒有整理，浮光掠影，往往不夠深入。友朋之中常勸我稍稍「努力」一點，不要像以往那樣輕描淡寫為滿足，我就試著寫了幾篇篇幅比較長也比較用心的聆樂心得，但畢竟不是學音樂出身，裡面免不了總有些外行話。我身處學術團體幾十年，知道知識雖可救人迷茫，但所形成的壁壘既高且深，是不容外行囂張的。

　　寫了幾篇談巴哈的，也寫了幾篇談貝多芬的，看看還好，但發展下去，就有了問題，因為可寫要寫的東西太多了，光以巴哈來說，討論他的幾個受難曲，便可以寫幾本厚厚的書，短短一篇文章談他，不浮光掠影的，成嗎？還有，有關研究古典音樂的書實在太多了，快二十年前，我到美國馬里蘭大學探視

正在那兒求學的大女兒，乘機參觀她學校的音樂圖書館。這圖書館所藏書籍很多，我發現光是研究貝多芬的英文專書就占滿了一整面牆壁，要仔細看完，至少要花幾年的時間，但還不夠，德文、法文還有包括義大利文的專書，也是汗牛充棟的，弄通那些，要比古人皓首窮經還難。

假如最後真得到了孔子所說的「朝聞道，夕死可矣」的那個「道」，皓首還不算白費，問題是往往「空白了少年頭」，門道也不見得摸得著，那就悲慘了。學術強調專精，有時自鑽牛角尖而找不到出路。我曾看過一篇討論文藝復興時期藝術家米開朗基羅的論文，論文主旨在強調工具的重要，說如果沒有一種特殊的鑿子與鎚子，米開朗基羅絕不可能雕出那樣偉大的作品。所說不見得錯，但他忘了，這兩把同樣的工具握在別人手裡，並不保證能完成跟米開朗基羅一樣的作品。這又跟我看到另一篇討論貝多芬鋼琴曲的論文有點相同，論文說貝多芬在第二十九號鋼琴奏鳴曲上特別標明了題目：《為有槌子敲擊器的鋼琴所寫的大奏鳴曲》（*Grosse Sonate für das Hammerklavier*），是因為他從友人處獲贈一台能發特殊強音的鋼琴，因而寫了這首大型的奏鳴曲，結論是貝多芬如果沒有這台鋼琴，就不可能寫出這首繁複多變的曲子。這也沒有錯，其實改以木槌敲擊鋼弦的鋼琴在海頓與莫札特的時代就有了，貝多芬得到的是特別改良的一種罷了，鋼琴到這時候，已接近現代的鋼琴了，能發出十分巨大的聲響，當然影響了貝多芬的創作。但我認為對貝多芬而言，這事並不重要，個性與才情，

冬夜繁星

才決定了作品,要知道就是讓莫札特同時用同樣的一台鋼琴來創作,他與貝多芬的作品也絕不相同的。

　　專家所談,大約如此,有所發明,也有所蔽障。其實有關藝術的事,直覺很重要,有時候外緣知識越多,越不能得到藝術的真髓。所以我聽音樂,盡量少查資料,少去管人家怎麼說,只圖音樂與我心靈相對。但討論一人的創作,有些客觀的材料,也不能完全迴避,好在音樂聽多了,知識聞見也跟著進來,會在心中形成一種線條,變成一種秩序,因此書中所寫,也不致全是無憑無據的。我手上還有一本1996年出版第四版的《牛津簡明音樂辭典》(*The Concise Oxford Dictionary of Music*),一本Gerald Abraham 1979年編的《簡明牛津音樂史》(*The Concise Oxford History of Music*),查查作者生平、作品編號已夠了。

　　寫作其間,一友人建議我在文末附談一下唱片,說這一方面可以讓讀者按圖索驥,以明所指,一方面可使這本書有些「工具」作用,以利銷售。我先是不願意,後來想想也有道理,我平日與音樂接觸,以聽唱片為最多,所以對我而言並不困難。關於唱片的資料與評鑑,坊間很容易看到有美國企鵝版的《古典唱片指引》(*The Penguin Guide to Recorded Classical Music*)與英國Arkiv Music所出的《古典老唱片》(*The Gramophone Classical Music Guide*),後者標明「老唱片」,通常指的黑膠唱片,但我書中所舉還是以現今市面所見的CD為多,就以我手中的這本2012年的Arkiv Music版本,大約談的

夜空繁星閃耀

都是CD，當然CD之中有部分是由黑膠所翻印的。我平日不太信任指引這類書，這種書都是由許多不同人所寫，各人的好惡不同，有的只注意錄音，有的只欣賞技巧，拼湊一起，其實是本大雜燴，過於聽信他們的說法，反而模糊了該聽的音樂，所以這類書當成參考固可，信之太過，反而削足適履，得不償失。孟子說：「盡信書，則不如無書。」處理藝術時，這句話顯得更為真切。

音樂是寫出來讓人演奏來聽的，聽音樂是欣賞聲音的美，但有時不僅如此。好的音樂有時會提升我們的視覺，讓我們看到以前看不到的東西，有時會提升我們的嗅覺，讓我們聞到此生從未聞過的味道，有時又擴充我們的感情，讓我們體會世界有很多溫暖，也有許多不幸，最重要的是，音樂也擴大我們的想像，讓我們知道小我之外還有大我，大我之外還有個浩瀚的宇宙，無盡的空間與時間，值得我們去探索翱翔。人在發現有更多值得探索的地方之後，就不會拘束在一個小小的角落，獨自得意或神傷了。

克羅齊說過，藝術是在欣賞者前面才告完成。這話有點唯心的成分，但不能說是錯的。如果視創作為一種傳達，而欣賞就是一種接受，光傳達了卻沒人接受，像寫了很長的情書得不到回音一樣，對藝術家而言，石沉大海是他最大的懲罰。因此欣賞者無須自卑，他雖然沒有創作，卻往往決定了藝術創作的價值。

這本書很小，所談當然有限，第一輯談的都是貝多芬，卻

也只談到他的交響樂與弦樂四重奏而已，第二輯因談巴哈，也談了幾個有關西方宗教與音樂關係的事，第三輯是十二篇記與音樂有關的短文，這些文章湊在一起，看了再看，覺得除了欠缺深度之外，又欠缺系統。我覺得書中談巴哈、談貝多芬與馬勒的稍多了，談其他音樂家的就顯得不足。譬如布拉姆斯，只有第三輯中有一篇談他，他是貝多芬之後最重要的作曲家，我沒有好好來談他是不對的，我其實寫過一些有關他的文章，但權衡輕重，發現放在這本書中有些不搭，就捨棄了。在德奧音樂之外的俄國作曲家如普羅高菲夫及蕭斯塔高維奇，還有西貝流士與德伏乍克，以及法國的佛瑞或德步西，英國的艾爾加與布列頓等等的作品，我都常聽，而且還曾用過心。我一度對現當代作曲家如荀伯格、史特拉汶斯基，或現在還在人世的布列茲（Pierre Boulez, 1925-）感到興趣，他們對十八、十九世紀以來的音樂，往往採取了另一方向的思考，喜歡在原來的音樂元素中又增添了許多新的材料，作風大膽而前衛。近代音樂還有不少「怪胎」式的人物，譬如凱吉（John Cage, 1912-1992），他在鋼琴琴弦上插上各種物品，彈琴時不正襟危坐，又把琴蓋掀起，用手去亂撥琴弦，這些人為了樹立新觀念而不惜與傳統決裂，他們的舉動看起來離經叛道，但也很好玩，在思想史、藝術史與文學史中，有同樣行為的人很多，議論其實也很近似。上面這些問題原都想一談，但遺憾沒有談到，原來一本書是無法道盡人世的滄桑的。

　　對我而言，音樂是我生命中很重要的東西，本來不在我生

冬夜繁星

命之中，但由於我常接近，不知覺中已滲入我肌膚骨髓，變成我整體生命的一部分，影響到我所有的行動坐臥。幸好音樂包括所有的藝術給我的影響，好像都是正面的。藝術帶來快樂，帶來鼓舞，大家視作當然，萬一藝術表現的不是那麼「正面」，我們該怎麼看呢？成熟的藝術不是童話，都可能有陰暗與痛苦的一面，我覺得那些陰暗與痛苦是必要的，有了這些，世界才是立體與真實的。藝術一方面引領我們欣賞世上的優美，一方面帶領我們體會人間的悲苦，當一天苦難臨到我們頭上時，我們便有更大的勇氣去面對、去超越。

　　人類最大的困窘在於溝通，愛因斯坦曾說過，我們要為一位天生盲者解釋一片雪花的美麗，幾乎徒然。因為盲人是靠觸覺來填補視覺的，當讓他用手指去碰觸雪花時，那片脆弱的雪花便立刻融解了。用文字解釋音樂也有點類似，解釋得再詳盡，卻也只是文字，不是音樂，最怕的是音樂像脆弱的雪花，禁不起文字的折騰，已全然消失了。了解音樂最好的辦法是聆聽，是以直覺與它相對，以其他方式來描述、來形容，都是多餘。

　　路遙夜深，寒風正緊，見到頭上群星閃耀，便覺得走再長的路也不會困乏。音樂給人的支撐力量，往往相似，這也是我為這本小書取名《冬夜繁星》的原因。

2014年4月　序於南港暫寓

夜空繁星閃耀

▶ 輯一 ｜ 不朽與偉大

弦樂四重奏透露了更多貝多芬心裡的
話，他晚期弦樂四重奏裡所顯示的徬
徨、猶疑與無枝可棲，也往往是我生
命中常碰到的情調素材。貝多芬的交
響曲給人的是鼓舞，而弦樂四重奏給
人的常常是安慰，一種傷心人皆如此
的安慰。

1 誰是貝多芬？

　　幾乎沒人不知道有個名叫貝多芬的人，也沒人在其一生中不曾聽過貝多芬的音樂，但是一定很少有人進入過貝多芬的內心世界，真正的去了解他。了解貝多芬很重要，了解貝多芬其實會對自己多一分了解。

　　貝多芬不是哲學家，也不是心理分析專家，他只是個專業的以音樂為職志的藝術家，我們頂多聽他的音樂就得了，何必要「了解」他呢？了解他對了解自己又有什麼幫助呢？

　　要解釋這個問題，得從好幾方面著手。貝多芬的音樂是生命的音樂，如果不了解他的生命，是無法充分了解他的音樂的。其次，他的音樂中表現的生命，不論素材與過程都十分切合我們一般人，譬如說，我們的生命充滿了憂苦與歡樂，每當憂苦時我們想超越，每當歡樂時我們想提升，貝多芬的音樂，表現的就是這些事。貝多芬的音樂代表了他的生命，了解貝多

芬的生命有助於了解我們自己。

　　在說明貝多芬的音樂之前，我們先談一下貝多芬音樂的特色，我想先用其他例子來說明比較清楚。大家都知道歐洲在十四世紀的時候進行了一個很重要的文化運動，叫做文藝復興，所謂文藝復興最簡單的解釋是「人的誕生」，或「人的覺醒」。

　　文藝復興時代的達芬奇（Leonardo da Vinci, 1452-1519）的〈蒙娜麗莎〉（Mona Lisa），是最能代表文藝復興的畫作之一。〈蒙娜麗莎〉是一個尋常婦人的畫像，怎麼能代表文藝復興呢？這是因為在文藝復興之前的中古時代，一般比較正式的畫作是見不到尋常百姓的，幾乎所有圖畫都在表現《聖經》故事，當然也有一般民眾，但在畫中間也只能扮演陪襯的角色，一定在邊緣，或者是光線晦暗之處，絕不會把他們畫在畫布的中央。畫布的中央最聚光的地方，必定是教主或聖徒，這是當時繪畫界公認的真理，沒有人會違背。然而達芬奇卻把一個尋常婦女大剌剌的畫在畫的中央，只她一人，沒有任何人陪襯她，她也不陪襯任何人，這是什麼意思呢？這就是「人的覺醒」。所謂「人的覺醒」是人覺得自己是重要的，這世界早有人類，直到這時刻，人才感覺自己的重要，人不是從現在才算真正「誕生」嗎？提倡文藝復興的人主張人是獨立的，人是獨立於宗教教主與聖徒之外的，他不依附宗教、不依附神祇，更不依附人間的權貴，天然自足的具有自己的生命價值。

　　雖然在哲學上或繪畫界甚至文學界，人的價值在十四世紀

冬夜繁星

時已經逐漸覺醒了，但在音樂中這種覺醒卻比較遲，一直到十八世紀初年才有，帶頭的人就是貝多芬。從這一點看貝多芬，可以看出他藝術的意義。

在貝多芬之前，音樂家最重要的作品是為歌頌上帝而作，以巴哈為例，他留下來兩百多首的康塔塔（Cantata），除了兩三首之外，都是給教堂各式禮拜所用的，清一色的是宗教音樂。他還有幾個受難曲、彌撒曲與安魂曲，體制龐大得很，也都是為宗教儀式所用，同樣的，他還有好幾十首規模很大的管風琴曲，都是為教堂而寫的（其他地方很難容納管風琴這樣的樂器），所以充滿了「神聖性」。巴哈剩下比較沒有宗教性的器樂作品，譬如為大鍵琴，為弦樂、管樂樂器所寫的作品，一般稱作「俗樂」的也不少，但與他的宗教音樂比較，在數量上規模上就遠遜了。這不是說巴哈沒有價值，他在音樂上的成就與他被稱為「音樂之父」的名號相符，但巴哈大部分的音樂不是為一般眾人而寫的，他音樂的核心是上帝，這是無庸置疑的。我們不能說巴哈不對，在巴哈的同時，泰雷曼（Georg Phlipp Telemann, 1681-1767）、韓德爾（Georg Frideric Handel, 1685-1759）也都如此，可以說，那時所有的音樂家的創作動機都是同一個樣子的。

到了海頓與莫札特，音樂的「主流」仍是宗教，但宗教意識已不是那麼強了，他們寫了許多沒有宗教意味的作品，海頓的一百多首交響曲、弦樂四重奏，莫札特寫了四十多首交響曲，還有各式協奏曲，寫這些音樂，都不是為了宗教的目的，

然而，要說他們藉音樂來「表現」自己，這一點還不太充足，在海頓、莫札特的時代，「自己」這個觀念還不是很清楚。

貝多芬比海頓、莫札特出生稍晚，但整體說來，可算同一時代，然而貝多芬的音樂，特別是中期之後的作品，充滿了個人色彩，這一點拿來與他的前輩或同輩比較，可以說是劃時代的地方。但貝多芬與後來的浪漫派老喜歡表現自己的也不同，後來的浪漫派所表現的自己往往太過，不是太興奮，就是太憂傷，常常自怨自艾得厲害。貝多芬的自己是經過沉澱而選擇過的「自己」，他將自己參與藝術之中，有點像王國維在《人間詞話》中說的「有我之境」，藝術中的有我，並不表示是要把自己的好惡或者隱私掀給別人看，貝多芬的有我，是把自己的理想，還有因理想而受的折磨打擊在音樂中展現出來，進而尋求更大的提升力量，所以羅曼‧羅蘭曾說，貝多芬的藝術充滿了道德的張力。

這道德力不是貝多芬有意造成的，而是他藝術的作用。當然廣義的說，所有藝術都有美化的作用，也都有道德上的功能，康德說過，當人面對日出美景，是不會想到齷齪的事的，因為當人被美感所動，品德也會自然提升，這是道德家都提倡美學的緣由。但「無我之境」與「有我之境」給人的感動是不同的，就提升而言，前者給的是普遍性的，而後者的提升則因為是個人化的，所以更有震撼性。我們聽巴哈、海頓或者莫札特的作品，可能驚訝其旋律對位與和聲之美，或者懾服於其崇高的宗教性格，但不會覺得震撼，震撼必須源自於人性，這一

冬夜繁星

點，在貝多芬的作品中才有。

　　貝多芬喜歡描述具有生命力的英雄，一個有崇高理想又願意把一生奉獻給這個理想的人，便是他所謂有生命力的英雄了，所以貝多芬式的英雄必須在生命中不斷遭受打擊並且奮鬥不懈。有一段時候，他認為人的意志終必戰勝對他不公平的命運，而人的意志其實就是他對自由的期許，他的音樂有一種像清末譚嗣同主張「衝決網羅」而後終獲得自由的氣息。莫札特的音樂也布滿著自由的氣息，貝多芬的與他不同，莫札特的自由是天生在那兒的，不要費太大的力氣就能獲得，就像富家子弟天生在好環境之中，四周資源無限，而貝多芬的自由之路則充滿險巇，必須靠不斷的奮鬥及犧牲才能達到。他與莫札特的相異之點在於他的自由得之不易，也因此，他的自由之路充滿著動感力。

　　在現實的人生之途，貝多芬的打擊不斷，但他生命的主要節奏是樂觀與積極的，這可由他的九首交響曲看出來。但這不是說貝多芬是一個純粹樂觀主義者，他在室內樂的表現卻與交響曲大異其趣，室內樂尤其是晚期的弦樂四重奏，還有最後五首鋼琴奏鳴曲，都有一種相當低暗、晦澀甚至悲觀的傾向，德國音樂哲學家阿多諾（Theodor W. Adorno, 1903-1969）曾說，貝多芬的交響曲是對人類發表演說，演示人類的生命的統一原則。照阿多諾的說法來看，貝多芬的生命基調是熱情的積極的，他的交響樂是生命基調的正面發揮。他的室內樂所面對的是自己，生命中總有一些不是那麼光彩絢麗的東西，他對生命

美好的信念，雖屢經如宗教堅信禮式的考驗，但在某些緊要的關節，總不免還是有些不安與懷疑的成分，因此他晚期的室內樂與鋼琴作品，比起他的交響曲來，反而複雜許多。

不能從單一或片面的角度來看貝多芬的作品，也不能用這個方式來看貝多芬這個人。我們在「處理」貝多芬音樂的同時，往往不能拋棄「自己」，這個「自己」包含了貝多芬的自己，與我們欣賞者的自己。也就是說貝多芬在作品中容下了他的自己，而我們在欣賞他作品的時候也容下了我們的自己，他的作品不只是他生命的投射，在我們欣賞的同時，也反映了我們波瀾不斷的一生，我們一生中不是有時相信、有時懷疑，有時篤定、有時不安，跟貝多芬完全一樣嗎？

不論我們喜歡貝多芬或不喜歡貝多芬，其中有一個因素不能遺漏，那就是，貝多芬的藝術充滿了他自己，也充滿了我們。

冬夜繁星

2 一個嶄新的時代

　　貝多芬有九首交響曲。如果把這九首交響曲看成一個整體，這一組作品無疑是音樂史上最多人討論的作品。當然把這整體拆開來看，每一首都有完全不能忽視的重要性。貝多芬的交響曲雖然承襲前輩大師海頓、莫札特而來，但與他們的作品比較，相似的成分不多，幾乎每首都有與他人不同的獨立精神。除此之外，這九首音樂也各有神情面貌，彼此不同，相對於他之前的海頓或莫札特，他們的作品雖多而大多神似，貝多芬的九首交響曲，當然精神相貫，而體貌並不相同。其中第三號《英雄》，第五號《命運》，第六號《田園》以及第七號與第九號《合唱》，以單首曲子來討論，也是交響樂史與音樂史上極重要的創作。

　　討論貝多芬的作品與討論比他前輩作曲家有所不同，我們在討論貝多芬的音樂時，必須緊扣他的生命過程，不像巴哈、

維瓦第、海頓或莫札特等，這些前輩作曲家的作品當然有極輝煌的一面，但他們的作品不在反映時代，在他們的作品中看不到太多地方（譬如巴哈的德國、維瓦第的義大利、海頓和莫札特的奧地利）與時代（大眾的時代與個人的時代）的特色，也看不到作曲家內心活動的痕跡。譬如巴哈，絕對可算是歷史上最重要的作曲家，他的作品以數量言，比貝多芬多了好幾倍，光是他的康塔塔，雖然已有部分亡佚，留下的竟還有兩百多部，不只卷帙浩繁，而且都有音樂與宗教上的深度。然而我們聆聽他第一部與最後一部康塔塔，或者在其中任抽一部來聽，不覺它們之間有太大的差異，特別是前後的差異。不光是康塔塔，聽他的管弦樂組曲與所有的器樂曲，其中好像都沒有什麼特殊的「時代性」。巴哈一生的經歷也很豐富，做為一個藝術家，心理活動也一定頻繁，但在他所有的藝術品中，我們似乎看不到或者很難看到那些獨特的東西。在巴哈的時代，藝術是藝術，藝術是一個自我圓滿又封閉的獨立個體，它無須與藝術家的個人有什麼太大的關聯，換句話說，藝術家在創作的時候，也盡量去維護去完成那個圓滿而封閉的美，想盡辦法不要讓自己涉入其中。從今天的創作觀念來看，這種作曲方式有點匪夷所思，然而當時確實如此。

但聆聽貝多芬卻不能忘記他的時代，也不能不熟知他的生平，這些材料與他的藝術不只息息相關而且緊緊相扣。貝多芬出生於1770年，出生地是德國的波昂，在他出生的時候，波昂不是個頂重要的城市，風氣與其他歐洲名城比較，也明顯閉

冬夜繁星

塞。他在波昂度過了少年與青年的初期，1792年海頓訪問波昂時看到了貝多芬一些早期的作品，覺得他是可造之材，便邀他到維也納跟自己學習。貝多芬到了維也納之後，確實成為海頓門下的學生，他最初的兩首交響曲與編號最前面的幾首鋼琴奏鳴曲，都具有相當程度的海頓的風格（他總共三十二首的鋼琴奏鳴曲中，前七首常被人稱為「海頓奏鳴曲」），但他的個人氣息與海頓相差頗遠，再加上海頓十分忙碌，所以這種師生關係並沒有保持得太遠太深。他也跟莫札特見過面並且當場討教過，據說莫札特對他的作品十分讚賞，一次聆聽貝多芬鋼琴演奏後，說這個人以後會震動世界，但莫札特也太忙了，也不知道所說是真話或是應酬話。在維也納貝多芬後來也跟其他的音樂家學習，包括管風琴家與作曲家阿爾布雷希次貝格（Johann Georg Albrechtsberger, 1736-1809）及義大利作曲家與指揮家薩里埃利（Antonio Salieri, 1750-1825），這是起初的時候。貝多芬後來一直待在維也納，直到他死，幾乎沒有到過太多其他的地方。

他早年在波昂的時候就發現有耳疾，開始時不以為意，到了維也納後，病況益甚，遍尋名醫也治療無效。對音樂家而言，耳疾是致命的疾病，貝多芬又是個性格內向的人，認為疾病是可恥又可悲的事，他一方面要在眾人前面多方掩飾，一方面必須尋求克服病痛之道，因為應邀要寫的曲子很多，這使他不得不遠離群眾，變得更為孤獨，再加上他的戀愛失敗，與姪兒的關係緊張，人生的困頓讓他變得更神經質、更難與人相

一個嶄新的時代

處。

　　外面對他的印象是孤僻又害羞，其實他的內心則是熱情又有抱負的。他自年幼即在父親嚴格的訓練與期許之下，希望他成為一個如莫札特一般「神童」型的表演家，最好能夠一鳴驚人，隨後名望與利益就跟著來。然而貝多芬認為自己不是天才型的人物，他內心剛毅卻外表順從，他對既定的命運也無抗拒之途，只得忍受一切災難。然而這種「動心忍性」的苦練使他具有高超的演奏技巧，而生理與心理上不斷的折磨，養成他更為堅韌而內向的性格，也讓他在未來有能力過與世人隔絕的生活。

　　我們從貝多芬較早期的作品來看，即使有模仿前輩大師的痕跡，卻也能看到一些與別人不同的東西，譬如早期寫的兩首鋼琴協奏曲，與第一、二號交響曲，不論音樂的動態範圍、強弱變化的程度，都比同期的其他音樂家要加大不少，可見他在尋求突破，他想要成為一個有獨立生命與表現力的音樂家，他想讓音樂，成為藝術的極致，而不是富貴的裝飾品。在貝多芬的時代，音樂家靠王室、諸侯與宗教的領袖支持，說支持是客氣，其實與「豢養」無異，因此那些音樂家所寫的作品，不管再好，也只是政治與宗教上的陪襯。

　　前面說過要了解貝多芬的音樂，須要先了解他存在的時代，當然貝多芬的作品不完全為了反映時代而作的，他的作品也著重自己心靈的描寫，但他比他以前的作曲家，更與他的時代息息相關，尤其是他的交響曲。

冬夜繁星

貝多芬所在的時代最重要的一件大事是法國發生了大革命，法國大革命發生在1789年，那年貝多芬才十九歲。法國大革命所強調的精神是「自由、平等、博愛」，這思想貫徹在當時最有名的《人權宣言》上，譬如《人權宣言》宣布人生而平等，主張人有財產、自由、安全以及抵抗壓迫的自然權利，所有公民在法律前都是平等的，而且國家的主權屬於人民，政府濫用所賦的權力，人民可以予以罷免。《人權宣言》中又說：「思想與意見的交換，是人類最寶貴的權力。」無疑顯示人類思想也解放了，不再接受任何政治與宗教的禁錮，這個革命雖然是一種源自政治權力的鬥爭，但所帶來的風潮卻使人的價值受到肯定，這是歐洲從文藝復興與宗教改革之後，人的精神層面活動的最高峰。

　　如果法國大革命是一個牽涉極遠的政治革命，與這革命思潮息息相關的哲學上的新說在不斷的建立，我們舉幾個與貝多芬同時代又同樣是德國人的哲學家與文學家，或可看出貝多芬音樂後面的哲學或思想的背景：康德（Immanual Kant, 1724-1804）、歌德（Johann Wolfgang von Goethe, 1749-1832）、席勒（Friedrich Schiller, 1759-1805）、費希德（Johann G. Fichte, 1762-1814）、黑格爾（Georg W.F. Hegel, 1770-1831），當然可以舉出的還有很多，光看上面五人，就知道貝多芬所處的時代，是一個思想朝向積極建設開展的時代，每人的主張可能有所不同，但有一個共通點就是肯定人的意義，強調人所建立的道德是有價值的，隨即而來的是肯定人類為理想而形成的社

會、尤其是國家這組織（這一派的學者以康德的學生費希德為最），這當然影響到後來的國家主義與後來帝國主義的形成與發展，其實功過互見，不見得都是正面評價，但當時他們的主張是具有浪漫精神的。他們與法國大革命的理想相互呼應，而在文學與藝術上，他們標榜理想，又勇於為理想奮鬥，有時會過於熱情，與以前啟蒙運動時所提倡的理性主義，有些背道而馳。

　　貝多芬早年，就對哲學有過興趣，在波昂的時代，曾到波昂大學修習過哲學的課程，而且自修古文，熟讀歷史文獻及文學作品，包括荷馬、莎士比亞及與他同時代的哥德、席勒諸人的作品，那些作品對他心靈都產生過影響。我們在他的音樂中，聽到許多在以前音樂中很少聽到或從未聽到的東西，他的創作啟發了我們對傳統與創新、秩序與衝突，以及意志與命運等等方面的想像。我們可以說貝多芬在他的音樂中反映了時代思潮，但音樂畢竟有異於文字，反映不會那麼直接，然而他比其他的音樂家更有理想性與前瞻性，知道時代的脈動，更知道音樂這藝術未來會朝向哪個方向去發展。

　　從貝多芬開始，歐洲的音樂進入了一個新的時代。

冬夜繁星

3 《英雄》與《英雄》之前

　　通常音樂史家把貝多芬的生平與作品劃分成三個年代，就是初期、中期與晚期，大致上在第三號交響曲（《英雄》，降E大調，Op.55）創作之前的，算是貝多芬的創作初期，時間是1803年之前。從1803年之後，貝多芬進入盛產又豐厚的創作中期，大部分重要的作品都產生在這個年代，在這期間，貝多芬光是交響曲就完成了六首。而自1818年至1827年貝多芬逝世，這九年是貝多芬創作的晚期，最重要的是第九號交響曲（《合唱》，D小調，Op.125）、D大調《莊嚴彌撒曲》（Op.123）及第二十九號鋼琴奏鳴曲之後的四首奏鳴曲，還有第十二號弦樂四重奏（Op.127）之後的五首四重奏。嚴格說來，晚期的創作數量明顯少於中期，但作品的內容與形式，比前期都有超乎想像的大改變。

　　下面是貝多芬九首交響曲的創作年代：

第一號交響曲，C大調，Op.21，1799-1800

第二號交響曲，D大調，Op.36，1801-1803

第三號交響曲《英雄》，降E大調，Op.55，1803-1804

第四號交響曲，降B大調，Op.60，1806

第五號交響曲《命運》，C小調，Op.67，1804-1808

第六號交響曲《田園》，F大調，Op.68，1807-1808

第七號交響曲，A大調，Op.92，1811-1812

第八號交響曲，F大調，Op.93，1812

第九號交響曲《合唱》，D小調，Op.125，1817-1824

音樂史家喜歡把貝多芬的前兩首交響曲（C大調，Op.21與D大調，Op.36）放在一起討論，主要是這兩首交響曲雖然作於維也納，然而是他比較「早期」的作品，他自己的「風格」還沒有充分建立。法國作曲家白遼士（Hector Berlioz, 1803-1869）在聽貝多芬第一號交響曲之後曾說：「這還不是貝多芬，但我們很快就會看到。」這話顯示兩層意思，其一是真正的貝多芬風格在他首部交響曲時還沒形成，第二層意思是，這首交響曲也不可忽視，因為從這首樂曲中已看得出貝多芬的風格在逐漸成形中，不久就可以看到它花開結果的盛況。

白遼士說的不錯，貝多芬的第一號交響曲其實還是繼承著海頓與莫札特的傳統，特別是像奏鳴曲式的構成法，每樂章的兩種主題都劃分得很清楚，還有發展部的動機分割的原則，在在都是依循海頓留下的「規矩」。但也有不同處，貝多芬在第

左：克倫培勒指揮愛樂交響樂團演奏貝多芬交響曲全
　　集的LP的版本。
右上：福特萬格勒的全集LP。
右下：卡拉揚60年代的CD本。

一樂章起始的地方用的是弦樂器撥弦奏出，而且不是本樂章的主調C大調，而是F大調，幾小節轉成A小調，再經G大調才進入後面的C大調，很多學者認為這是一個很大膽的嘗試，貝多芬似乎想選擇一種不很穩定開場秩序，不像海頓、莫札特大部分交響曲那麼穩定的開始，晚於這首交響曲一年寫成的《普羅米修斯的生民序曲》（ *Die Geschöpfe des Prometheus*, Op.43）的開始也是一樣，從這一點可以看出貝多芬想像力與創新的精神。

但嚴格說來，他在第一號交響曲的成就並不是「石破天驚」式的，彷彿一切都有跡可尋。他像剛轉學到一個陌生學校的好學生，初來乍到，只有亦步亦趨的依循著學校與老師設下的規則，一切照章行事，不敢稍作逾越，只是偶爾在不經意之間，也會流露出一絲驚人的火花，而這火花只有內行人才看得到。

第二號交響曲的寫作年代比第一號晚了兩年多，貝多芬的遭遇與心態已與寫第一號交響曲時有所不同。首先是貝多芬發現他的耳疾日趨嚴重，醫生雖未宣告，但他自己已預期終會失去聽覺，另一件事是他的戀愛失敗，內外交逼，使他的情緒落到谷底。同年他甚至預留遺囑（就是有名的「海利根斯塔特遺囑」 *Heiligenstädter Testament*）交代後事。

在這種狀況之下，第二號交響曲比第一號自然多了些有關生命的材料，也多了些以前沒有的陰影，但他試圖用比較歡樂的音符，強烈的節奏，顯示自己有戰勝命運陰影的力量。同一

時刻，貝多芬在給朋友的信上寫道：「是藝術留住了我。啊！要我在完成我所有的藝術之前就離開這個世界，那是萬萬不可能的。」可見此時的貝多芬自認為有要克服戰勝的東西，這使得這首交響曲的創作動機上，比前一首要多了些張力，在很多地方（尤其第一樂章），具有了他在之後作品中所獨有的英雄主題。

　　但這首迥異於前首的作品與他後來的作品比較，仍嫌不很成熟，譬如第二樂章的主題雖優美典雅，放在此處，卻有點拼湊的意思，第三、第四樂章，則揮不去海頓的影子。這首交響曲雖與第一號有不同的地方，貝多芬已想到在古典規範中找到自我，也掌握了一些入門的門徑，但整體上並不是很成功。假如這時候貝多芬死了或中斷了創作，他只能算是流落維也納的一個潦倒作曲家，後世很少有人會記得他，貝多芬的重要在他寫的第三號交響曲。第三號交響曲的重要不僅在本身，它連帶使的他的第一、二號交響曲也重要起來，人們會探討怎麼會有這種轉變，以及轉變的迂迴過程。

　　不過貝多芬自己對這兩首交曲還是相當珍視的，譬如他還特別為第二號交響曲「改寫」了鋼琴三重奏的版本，沒有編號，就直接叫《D大調三重奏》（*Trio in D major*），頂多在題下加一行「在第二號交響曲之後」（nach Symphonie Nr.2）的字樣。聽這兩首交響曲，在唱片上無需特別推薦，一般交響樂團很少單獨演奏這兩首作品，所以專門以此兩曲目成名的演奏不多，市面標示《貝多芬交響曲全集》的唱片不少，如想聆

《英雄》與《英雄》之前

聽，聽全集中的即可，一般屬於「大師」的錄音都不會太差。如果真要推薦，我想推薦貝姆（Karl Böhm, 1894-1981）與華爾特（Bruno Walter, 1875-1962）所錄的《貝多芬交響曲全集》中的部分。貝姆不是最了不起的貝多芬詮釋者，他的專長是莫札特與舒伯特，但他在70年代指揮維也納愛樂交響樂團演奏的貝多芬全集中的第一、二號交響曲，層次分明，典雅細緻，別忘此時的貝多芬仍有海頓、莫札特的「風味」，貝姆的表現切合這個特色，是很好的演出。華爾特的《貝多芬交響曲全集》在錄音年代上要比貝姆的早，但整體上「全集」的表現要比貝姆的強許多，貝姆的演出以精緻取勝，在比較大與雄偉的場面，處理就不是他所擅長。當然卡拉揚（Herbert Von Karajan, 1908-1989）指揮的「全集」中的也很有水準（他一生錄過《貝多芬交響曲全集》很多次，包括單聲道與立體聲的，一般評價，以60年代初指揮柏林愛樂的那套最受青睞）。

現在來談談貝多芬的第三號交響曲《英雄》。

法國大革命到貝多芬寫《英雄交響曲》的時候已經過了十幾年，這十幾年來人的精神價值被抬得很高，個人意識開始伸展，自由的意義被發揮到頂點，當然有得也有失，失的是每個人都相信可以各行其是，傳統的價值崩解了，舊有的秩序被打倒了，而新的價值與新的秩序沒來得及建立，這使得社會大亂，經濟蕭條，民生凋敝。這時的法國，須要有人來重建秩序，整頓亂象，拿破崙應運而生。

拿破崙之受歡迎，是他既有重建秩序的能力，也不違背法

冬夜繁星

國大革命「自由、平等、博愛」的理想，他善於製造風潮，引領時勢，成為一個令人驚訝讚嘆的英雄人物。貝多芬雖遠在維也納，也深受吸引，他的第三號交響曲不見得是完全為了拿破崙而寫，但貝多芬的「英雄」取樣，應該有拿破崙的成分則是必然。

　　說起描寫「英雄」，在歐洲的文學、藝術中向有其傳統，想要對這問題有所了解，可以參考英國十九世紀作家卡萊爾（Thomas Carlyle, 1795-1881）的《英雄與英雄崇拜》（*On Heroes, Hero Worship and the Heroic in History*）。當然英雄各有其類型，有戰爭的英雄、革命的英雄以及與凡俗為敵的顯示高超人格的人格英雄，如尼采的《查拉杜斯屈拉》所描寫的，也有荒謬的英雄，如塞萬提斯《唐‧吉訶德》所寫的，所有英雄的故事都有鬥爭、反抗甚至於激烈犧牲的內容。而在藝術或文學所描述的英雄常常缺少不了一個重要部分，就是英雄之死。好像英雄必須透過死亡，來印證他平生抗爭的合理性，也唯有靠死亡，才贏得世人毫無保留的景仰，我們可看貝多芬在第三號交響曲（降E大調，Op.55）裡，第一樂章充滿了興奮而沉鬱的英雄主題，而第二樂章Adagio assai（是第三號交響曲最長的樂章）貝多芬自己就稱它是「葬禮進行曲」，所描寫的是英雄的死亡。貝多芬在此交響曲中已用大篇幅的篇章來描寫他所歌頌的英雄死亡了，這證明《英雄交響曲》中的「英雄」並不是拿破崙，因為此時的拿破崙不但活得好好的，而且聲譽至隆，自己也志得意滿，不久就想「稱帝」了。

第三號交響曲中的「英雄」，並不是指現實世界的任何人，而是藏在貝多芬心中的英雄，是理想化又美化了的，他心中的英雄，已經通過了生命中最激烈的考驗，最後在戰鬥中犧牲了。然而奇怪的是，這首交響曲在「葬禮」之後還有兩個相當長的樂章，又是在描寫什麼呢？要知道在西方基督教的觀念中，人在肉體的死亡之後並沒有結束，他還須經過很多嚴格的檢驗、最後的審判，以決定他是否能夠「復活」。當他復活了，而進入天國，與主同生，他過往的人生才終告肯定，他的勝利才真正成立。羅曼·羅蘭在《貝多芬傳》中描寫第三交響曲宏偉的第一樂章，其實已把這首交響曲的概況整體描述了一次，他說：

　　　　不可勝數的主題在這漫無邊際的原野匯起一支大軍，洪水的激流洶湧澎湃，不管這偉大的鐵匠如何熔接那對立的動機，意志還是未能獲得完全的勝利。……被打倒的戰士想要爬起，但他再也沒了力氣，生命的韻律已經中斷，似乎已經瀕於毀滅。……我們再也聽不到什麼，只有靜脈在跳動，突然，命運的呼喊微弱的透出那晃動的紫色霧幔，英雄在號角聲中從死亡的深淵站起。整個樂隊躍起歡迎他，因為這是生命的復活，再現部開始了，勝利將由它來完成。

　　上面所寫的是第一樂章，而「寓意」已包括全局，所以在

冬夜繁星

冗長的葬禮描寫之後，緊跟在後，貝多芬用了一個很明顯是詼諧曲（Scherzo，貝多芬在曲譜寫作Scherzando）的樂章，簡單明亮，節奏截然，以為後來的凱旋勝利的節慶場面預作準備。所以這首交響曲在經歷了繁瑣、痛苦、掙扎與戰鬥的第一樂章之後，緊接在後的是第二樂章所寫的英雄壯烈的死亡，那是一場冗長又哀傷的悼歌，但這位英雄的故事並沒有因為死亡而結束，「復活」後的英雄不但戰勝了一切，也昇華了自己，終曲節慶式的與歡樂的音樂就是因此而發。

對中國的欣賞者而言，很難進入西方這樣的英雄「傳統」，「復活」的觀念對我們而言相當陌生，但可以換一種方式解釋。中國有「不朽」之說，意指人雖死而精神不死，他的「遺志」可由後死者繼承，所以最後勝利仍然可期，不過這裡的勝利，不再是指個人的勝利，而是指人類尊嚴的共同勝利了。所以第三號交響曲是一首充滿意志與力量的交響曲，是一首永不屈服的生命謳歌，貝多芬寫作的時候，一度想題贈給他心目中的英雄拿破崙。

但當貝多芬把整首曲子寫完，拿破崙已暴露出自私與自大的野心，原來權力真的使人腐化，拿破崙終於想稱帝了。貝多芬對這心目中最原始的英雄厭棄起來，把原寫在扉頁的題詞「獻給波拿巴（Bonaparte，拿破崙的名字）」撕毀，後來為這交響曲取一個新名字，用義大利文重新題上：《英雄交響曲——為紀念歌頌一位偉人而作》（*Sinfonia Eroica－Composta per festeggiare il suovenire d'un grand' uomo*）。

《英雄》與《英雄》之前

這是一首充滿了個人意志、具有強烈英雄色彩的交響樂巨製，也是一個在音樂史上劃時代的作品，不只樂思繁密，體制龐大，早已超越了所有海頓的作品，比莫札特晚期的幾個交響曲（如第四十號與第四十一號交響曲），也顯得恢宏大氣許多。這首交響曲展現了貝多芬在音樂上的無限潛力，也顯示交響樂此後輝煌發展的可能。

所有具有地位的指揮家，所有重要的樂團，幾乎都有演出「英雄」的經驗，這個曲目的唱片可以說不勝枚舉，要推薦的話，我想談談下面幾張：

1、華爾特1958年指揮哥倫比亞交響樂團演出的錄音，原唱片是哥倫比亞廣播公司唱片的「大師作品」（CBS Records Masterworks）系列，後來版權賣出，由Sony唱片公司發行。華爾特指揮的《貝多芬交響曲全集》莊重典雅，大氣磅礴，卻不賣弄。這套唱片雖然是較早的錄音，但原先的演出精采萬分，唱片的後製作也出類拔萃，「全集」中的第三號「英雄」，第六號「田園」，及第七到第九號「合唱」，都是最經典的演出。

2、克倫佩勒（Otto Klemperer, 1885-1973）1961年指揮愛樂交響樂團（The Philharmonia Orchestra）的演出版本，EMI發行。克倫佩勒在年輕時為馬勒所賞識，1906年經馬勒推薦，以二十一歲之齡擔任布拉格德意志歌劇院常任指揮，1910年曾在慕尼黑協助馬勒第八號交響曲的演出，所以他雖不是像華爾

冬夜繁星

上：華爾特1958年指揮哥倫比亞交響樂團的板本。華爾特的貝多芬全集版本，是很多樂迷所
　　第一推崇的。

下：傑利畢達克1987年指揮慕尼黑愛樂的現場錄音的貝多芬第三號交響曲，傑氏比他人所錄
　　速度較緩，但層次分明，第二樂章極為優美。

特一樣是馬勒的弟子，但在輩份上，與華爾特相仿。一生錄過幾次貝多芬交響曲全集，有一套是50年代早期單聲道的錄音，也很受音樂界的肯定，都是EMI的唱片。這張「英雄」是他晚年的錄音，歲月的痕跡，加上30年代他患腦疾幾乎奪命的陰影一直揮之不去（他晚年都是坐在高椅上指揮），使得這張「英雄」十分內向，偏向緩慢沉穩的方式發展，很有內涵。

3、卡拉揚60年代指揮柏林愛樂的錄音，DG唱片。卡拉揚一生錄過的貝多芬全集可能是所有著名指揮中最多的，最早有50年代初指揮維也納愛樂的單聲道唱片（EMI）。後期錄音技巧不斷進步，再加上卡拉揚極重視音效，他的貝多芬全集每一種都有一定的水準，但在所有的全集唱片中，以60年代錄的這套最為平實，不刻意強調技巧，與晚年的幾種錄音比較反而更為「藏鋒」，但在必要處，依然銳不可當，這首「英雄」亦是如此。

4、傑利畢達克（Sergio Celibidache, 1912-1996）1987年指揮慕尼黑愛樂（Münchner Philharmoniker）的現場錄音（EMI）。傑氏是羅馬尼亞籍的有名指揮家，曾在二次大戰結束後（1945-51）任柏林愛樂的常任指揮，晚年擔任慕尼黑愛樂指揮，他十分投入對樂團的訓練，不論音色與細微表情都要求甚嚴，但他生前不喜錄音，也不喜出唱片，所以世上他的唱片不多，身後所出的唱片多是現場錄音翻製而成。這首「英雄」是他貝多芬交響樂集中的一首（傑氏的貝多芬交響曲集收有貝多芬八首交響曲，欠缺第一號，而第四號有兩個不同年份

冬夜繁星

的錄音，所以不能稱為「全集」），雖是現場錄音，但空間感很好，錄音也相當細緻。傑氏處理這首顯然是陽剛的作品，並不放縱情緒，速度也較緩（這是傑氏的特色），感性較輕，理性較重，仔細聽，更能聽出貝多芬音樂的紋理。

《英雄》與《英雄》之前

4 《命運》前後

　　貝多芬在第三號交響曲《英雄》之後，隔了兩年，寫了另一首交響曲。

　　這首第四號交響曲，降B大調，Op.60，貝多芬完成於1806年。舒曼（Robert Schumann, 1810-1856）曾形容這首交響曲是「一個夾在兩個巨人之間的苗條希臘少女」，舒曼的話並不是貶詞，所謂「巨人」當然是指第三號交響曲《英雄》與第五號交響曲《命運》。「苗條的希臘少女」，「苗條」是指這首交響曲的規模比較小，而「希臘」則代表古典，西方自文藝復興之後，對源自希臘的古典精神都十分嚮往。這首曲子因為沒有標題又比較溫和，一向受人忽視，也有許多音樂史家，把這首交響曲與他的第八號交響曲（F大調，Op.93）相提並論，第八號同樣夾在充滿陽剛之氣的第七號（A大調，Op.92）與更是赫赫有名的第九號交響曲（D小調，Op.125）《合唱》之間，本

《命運》前後

身即或是精金美玉，也比較會遭人忽略。

　　這首交響曲是貝多芬1806年到一親王家作客，結識一位奧佩爾斯朵夫伯爵（Count von Oppersdorf），應伯爵之邀而作，第二年由伯爵率領的樂團在維也納首演。寫第四號交響曲時的貝多芬已與寫第一號交響曲時很不相同，由於第三號《英雄》的成功，此刻的貝多芬充滿自信，至少在音樂創作上。這首交響曲出奇的從慢板開始，由慢逐漸走快，調子由低暗轉明亮，極像黎明時日出的景象，白遼士曾形容這段音樂，說：「其間的和聲色彩先是模糊而猶豫不決，但在轉調和弦的雲霧完全驅散時，它才重新闖出來，你可以把它看成是一條河流，平靜的流水突然不見了，它離開河床僅僅是為了形成浪花四濺的瀑布從天而降。」第二樂章是個整體的慢板，整個樂章幾乎全是一個下行的緩慢的E大調音階形成，構成的美好旋律，不斷的重複，極為優美又極具自信，這時已看出，貝多芬在作曲界已確定有宗師的地位了。白遼士對這樂章更是推崇備至，他說：「這樂章的旋律如天使般的純潔，又讓人有不可抗拒的深情，一點看不出有任何藝術加工的痕跡。」這跟南宋詩人陸放翁說的「文章本天成，妙手偶得之」，有異曲同工之處。

　　第三樂章活潑的快板及第四樂章不太快的快板（Allegro ma non troppo），都充滿了愉快明亮的色彩，又飽含詩意，羅曼・羅蘭曾說這首交響曲「保存了他一生中最開朗日子的香味」，是很正確的，這首曲子是貝多芬最愉快的作品，但仍然莊重，透露出貝多芬對生命的另一種的具有積極意義的解釋。

冬夜繁星

這首交響曲在LP的時代還可以單曲成片，到CD的時代，由於演奏時間不長，多與其他交響曲合併成一張，因為序號的關係，大部分都與第五號《命運》併為一張，也有將第一號併入（如阿巴多的），也有併入第二號的（如傑利畢達克的）。值得推薦的有如下幾種：

　　1、阿巴多（Claudio Abbado, 1933-2014）1988年指揮維也納愛樂演出的（DG），層次分明，不論演奏與音效都很好，把貝多芬管弦樂作品中比較少見的明亮與愉快表現出來。

　　2、傑利畢達克1987年指揮慕尼黑愛樂現場演奏（EMI）。傑氏此曲有兩種版本，另一是1995年所錄，樂團一樣，也是現場錄音，兩個版本不分軒輊，但我以為1987年的音樂性稍豐富一些，第二樂章，後面的版本太慢了，優美沒話說，但不如前面的有精神。

　　3、華爾特與卡拉揚的演出都值得推薦，他們演奏的比較能掌握速度，托斯卡尼尼與福特萬格勒的版本也值得一聽，但都是早期單聲道錄音，托氏的錄音雜音很多，收音不準（有時聽不太到管樂），但不論組織與速度都自創一格，值得研究者聆聽與收藏。

　　第五號交響曲《命運》（C小調，Op.67）是貝多芬交響曲中最膾炙人口的一首，最受人歡迎，也是管弦樂中最常被演出的曲目。二次大戰諾曼地登陸前夕，聯軍以這首交響曲第一樂

《命運》前後

章三短一長的音符作為選定的D-Day（六月六日）的密碼，有人說就因此確定了二次大戰決勝的「命運」，當然是附會之說，但因此知道這首交響曲的「普世」價值與作用。

這首交響曲的創作時間從1804年拖到1818年，時間比較長，中間夾著一首第四號交響曲，可以說這首樂曲的開始構思與寫作比第四號要來得早，而完成卻比第四號要晚。有些音樂家會把第四號與這首作品當成一個整體來看，當然有合理的地方，第四號充滿了愉悅明亮的色彩，而第五號則充滿了與命運搏鬥的意志，進取奮發，都很積極，與第四號的「基調」是很相同的。

但當然也有不同的，這首作品的嚴肅性無疑是超過前面一首。這首交響曲本來沒有標題，與第四號一樣，就直接叫它第五號交響曲，或C小調交響曲，後來有人發現在原稿的首頁有貝多芬親筆寫的「這是命運在敲門」幾個字，就稱它做《命運交響曲》了。稱它為「命運」是不是貝多芬的原意，現在無從考證，但縱觀全曲，強烈的節奏，很多地方所湧現的進行曲式樣的樂句，可以說是第三號交響曲《英雄》主題的延續和進一步發展，所以也有人把它與《英雄》合併討論。

無疑的，這首交響曲在精神上是繼承《英雄》而來，與之不同的是《英雄》帶著比較多的悲劇色彩，哀傷的部分也多些，而這首交響曲較短，沒有容下像葬禮那樣綿長的段落。另外，這首交響曲的組成也出乎人的意外，除了第二樂章是行板（Andante），其他三個樂章都是快板（第一樂章是朝氣蓬勃

冬夜繁星

的快板Allegro con brio，第三與第四樂章都是快板Allegro），看起來缺乏抑揚頓挫，但描寫人與命運的奮鬥，包括在過程中所出現的希望與絕望、順利與困頓、悲傷與歡樂，一樣也沒有缺少，所以這首交響曲對英雄的描寫更加集中，所形成的戲劇的張力更緊張到白熱化的境地。從形式上看，它比第三號交響曲更凝聚而統一。

在歐洲，文學上的浪漫主義已流行多時，而音樂上的浪漫主義，要從《英雄》與《命運》開始。浪漫主義的許多素材來自希臘神話，「英雄」就是其一，不論為人類盜取火種的普羅米修斯，或者在奧林匹斯山甘受責罰的薛西佛斯，還有許多冒險英雄，都勇敢的面對挑戰，正面迎敵毫無畏懼，就算橫阻在前的災難大到自己無法抵抗，英雄不缺的就是意志，自信屢經挫折之後仍然不屈不撓，這才能算是英雄。

西方的英雄思想與中國道家強調的「安時處順，哀樂不能入」的想法很不相同，道家認為對付敵人口的最好方法是「化阻力為助力」，萬一不成，就不妨認命或與對方妥協，常說好了，我鬥不過你，便算了，有時候又有點眼不見為淨的裝糊塗。而西方浪漫主義下的英雄是只追求戰勝，是絕不與對方妥協的。這種觀念在西方既深且厚，使得「克服」或「征服」不只是藝術表現的主題，也成了極有侵略意識的哲學與政治主題，為世界帶來不少災害。不過藝術上描述的「英雄」，雖然有極光耀的一面，通常也會有極幽暗極憂傷的一面，這是藝術與政治不同的地方，藝術家總比政客要多許多內省與同情的。

《命運》前後

介紹《命運》的文字很多，這裡就不再說了。這首曲目的演奏版本多到不勝枚舉，精采的也很多，如果一一列舉，半本書的篇幅都不夠，現在只介紹幾種我印象最深的：

　　1、當代古典樂迷一提到這首曲子，大概都忘不了克萊伯的錄音。克萊伯（Carlos Kleiber, 1930-2004）是出生德國但是奧地利籍的音樂家，父親（Erich Kleiber, 1890-1956）也是著名的音樂指揮，所以世上多以「小克萊伯」來稱呼他。克萊伯幼年為避禍曾由父親攜領遠遷南美阿根廷，二次大戰結束後才回歐洲，原本打算到大學修習化學，但後來還是投身音樂，曾接受大師托斯卡尼尼與華爾特的指導，1968年起，以客座指揮身分指揮慕尼黑巴伐利亞歌劇院，1982年首次指揮柏林愛樂，即引人刮目相看。克萊伯極有自己風格，他雖投身指揮，但並不熱中發行唱片，平生所出的唱片不多，以貝多芬九首交響曲為例，他只錄過四、五、六、七號四首，而且分別在兩家不同唱片公司（Orfeo與DG），可見他對世間名利很不在乎，他一度熱心於歌劇，但所出的唱片一樣少。

　　不見得是物以稀為貴，這首貝多芬第五號交響曲的唱片是1974年指揮維也納愛樂的錄音（DG）。貝多芬的第五號，陰暗與光明對比十分明顯，是一首「陽剛」性質的樂曲，動態範圍很大，不論氣勢、力度與節奏對比的變化，都須十分講究，許多初出門道的指揮會把它表現得過於強烈，謹守矩矱的音樂家又克制過深，不敢踰越，再加上這首交響樂對所有樂迷而

冬夜繁星

小克萊伯1974年指揮維也納愛樂演出的第五號與第七號交響曲,被喻為貝氏交響曲的極品,冷靜處理每個細節,卻又熱情洋溢。可惜小克萊伯的錄音不多,這張唱片成了「絕響」。

言，又太熟悉，以致演出時動輒得咎，不易討好。克萊伯的這張唱片，把這首樂曲的節奏與氣氛掌握得十分出色，層次分明又色彩繽紛，流暢又高雅，不僅如此，克萊伯有詩一樣的氣質，使得像這樣氣度宏偉、樂觀進取的樂音中，依然保留了令人沉思與低省的空間。

2、卡拉揚的演出。除了早年單聲道的唱片（EMI），卡拉揚在德國唱片公司（DG）就錄過三套貝多芬交響曲全集，其中60、70、80年代各有一套，以錄音條件做測量標準，當然越後的越好，但以音樂性而言，最前面的那套60年代的版本反而最受肯定，這裡所指的就是60年代這一套中的唱片。這張唱片，不論強弱對照、明暗相襯，以及整首曲子的流暢度都可以說是無懈可擊，可以說是卡拉揚的代表作。

3、另外像華爾特、喬治・塞爾（George Szell, 1897-1970）、伯恩斯坦（Leonard Bernstein, 1913-1990）、庫特・馬殊（Kurt Masur, 1927-）都有很精采的演出，歷史名片當然不能遺漏托斯卡尼尼與福特萬格勒的。我曾聽過一張作曲家理查・史特勞斯（Richard Strauss, 1864-1949）1928年指揮柏林歌劇院管弦樂團的演出版本，當然是老掉牙的錄音，雜音之多不在話下，但想到的是錄這張唱片的那年，正是我的母校台大初初建校的年份，在中國是北伐成功東北易幟全國統一的時刻，聽這張錄音很原始又精神特具的唱片，心中不禁一陣凜然。

接著談第六號交響曲。

冬夜繁星

這首第六號交響曲《田園》，F大調，Op.68，作於1807-1808年。

「描繪」自然的聲音，是早期音樂的功能與特色，但當樂器發展到一個程度，音樂進展到更繁複的地步之後，就不再以模擬描繪自然為主要功能了。但還是有不少音樂是以描繪自然為主題，《田園交響曲》的內容是寫人與自然的關係，這個內容在貝多芬的音樂中是少見的。從《英雄》之後，貝多芬的交響曲關心的多是「人事」，譬如戰鬥中的失敗與勝利、命運壓迫時的屈服或不屈等，充滿了意志與奮戰的痕跡，氣氛則是不折不扣的陽剛性。而這首《田園》與其他作品比較，比較屬於「小品」，偏向陰柔，然而我們絕不可以小品視之。從「長度」而言，在九首交響曲之中排行第三（僅次於《合唱》與《英雄》），可以算是貝多芬「大型」的樂曲，我們自不能忽視。其次貝多芬在他深陷危難的時候，寫一首謳歌田園自然的大型作品，自然有其特殊的用意。

貝多芬寫這首交響曲的時候，耳朵已全聾了，他想要以這首平和又有潛在活力的音樂「昇華」自己的生命，所以這首交響曲表面在描繪自然，而裡面其實充滿了「內在的聲音」，奇怪的是一點不安與浮躁也沒有，像是處處有清泉湧出，可以蕩滌靈魂，安慰創傷。那平靜不起很大波瀾的聲音縈迴腦中，可能是以往聲音的殘存，耳聾幫他過濾了外界的紛亂，去蕪存菁的為他組成更有秩序也更為優美的音樂。當然免不了有暴風雨，而暴風雨過了，寧靜與穩定才能真正的落實。這首體制龐

大卻優美又安寧無比的交響曲，誕生在作曲家的這一時刻，不論從哪方面說來，都是個令人讚嘆驚訝的奇蹟。

《田園》（*Pastorale*）是貝多芬九個交響曲中唯一由自己標上標題的作品（其他如《英雄》、《命運》為他人所加），這首交響曲共分五個樂章，每個樂章都有一個作者所加的小標題，如：

第一樂章〈到達鄉村時的愉快感受〉（Erwachen heiterer Empfindungen bei der Ankunft aut dem Lande）

第二樂章〈溪畔小景〉（Szene am Bach）

第三樂章〈鄉民歡樂的集會〉（Lustiges Zusammensein der Landleute）

第四樂章〈暴風雨〉（Gewitter, Sturm）

第五樂章〈暴風雨後愉快的感恩情緒〉（Hirtengesang, Frohe und dankbare Gefünach dem Sturm）

可見貝多芬想表現的東西，有點像寫景詩，又有點像描繪大自然或農村的風景畫。但貝多芬在這首交響曲在維也納首演的節目單上，解說這首作品時說：「這首交響曲不是繪畫，而是表達鄉間的樂趣在人心裡的感受。」又說：「寫情多於寫景。」等於否定了人們以看風景畫的方式來欣賞這個音樂。其實耳聾後的貝多芬已無法將自己譜成的音樂與大自然的真實聲音做純客觀的對比，而「寫情多於寫景」是強調這音樂是作者

冬夜繁星

主觀的印象，而非客觀的描述。

　　至少貝多芬此時的心情不是拘謹的而是自由的，不是沮喪的而是開朗的，他一定用了很大力量在自己的心理建設上。羅曼・羅蘭說：「貝多芬什麼都聽不見了，就只好在精神上重新創造一個新的世界。」

　　想不到這重新創造的世界十分優美，開擴的天地（第一樂章），緩緩流動的小溪，眾鳥的合奏（第二樂章），還有農人相聚時的笑語喧闐，還有歌聲舞聲（第三樂章），當然也有雷鳴，也有突然來襲的暴風雨（第四樂章），但「驟雨不終朝」，暴風雨終於過去，大自然與人重回寧靜與歡樂（第五樂章）。《田園交響曲》所呈現的人與自然關係不是緊張的，更不是衝突，而是和諧與歡樂。這首交響曲的結尾部分，有點像第九號交響曲《合唱》，聽完後總是令人仰望，讓人覺得心中飽滿充實。困頓的人終得安慰，一切傷痕都會撫平，所有的欠缺都得到補償，縱算是失敗的英雄終也得到心靈的安寧，在超凡入聖的樂聲中，每個人都體會到，人是有希望的、世界是有希望的。

　　這首交響曲的好唱片很多，最好的有下面幾種：

　　1、華爾特1958年指揮哥倫比亞交響樂團演奏的版本（原CBS唱片，後由Sony發行），這張唱片屢受唱片鑑賞者肯定，是公認《田園交響曲》的最好版本，雖然錄音較早，但不論層次感與音色的處理都細膩又豐富。這張唱片的管樂部分有時顯

得悶了一些，但整體說來，華爾特以其嫻熟的自信，旺盛的生命力，把整首曲子進行得流利又動人，處處顯示靈性的光輝，第五樂章終曲的部分尤其好，達到了《論語》中所說「浴沂歸詠」的境界，不只達觀恬淡，又充滿了希望的喜悅。

2、貝姆1971年指揮維也納愛樂的版本（DG）。貝姆指揮的作品以細緻見長，這首交響曲正合他的脾胃，不慍不火，又像詩一樣充滿靈氣。我個人以為貝姆指揮的貝多芬交響曲，以這首與第九號交響曲的第三樂章，就是在最終合唱之前所做的醞釀的那個叫做「如歌的慢板」（Adagio e molto cantabile）樂章為最好，好到令人靈魂出竅的無懈可擊的地步。

3、卡拉揚80年代指揮柏林愛樂的那個錄音（DG）也很好，比60年代的那次錄音要更均勻明亮些。阿胥肯納吉（Vladmir Ashkenazy, 1937- ）1982年指揮愛樂交響樂團（Philhamonia Orchestra）的演出（Decca），不論演奏與錄音也在水準之上，值得聆賞。

冬夜繁星

5 最後三首交響曲

　　把貝多芬的最後三首交響曲放在一起談，並不很合適，這三首作品不但不是同時創作的，而且前兩首與後一首寫作的時間相隔太遠。第九號交響曲應該獨立起來談，因為不論形式與內容，這個交響曲與以前的交響曲很不相同，現在放在一起，純粹為了節省篇幅與敘述方便的緣故。

　　先談第七號、第八號交響曲。

　　第七號交響曲，A大調，Op.92，第八號交響曲，A大調，Op.93，光是從作品編號看就知道是連續性的創作，一前一後差不多完成在同一個時期，前者完成於1812年的六月，後者完成於1812年的十月，從首演的時間來看，反而先後倒置，第八號在1812年的十二月首演，而第七號反而到第二年的六月才進行首演。從作品的特質上看，兩首樂曲並不相同。

　　先說「形式」上的不同，最重要的是第八號交響曲沒有一

般抒情所寄的慢板樂章，除了第三樂章註明是「小步舞曲的速度」（Tempo di Menuetto）稍慢之外，其餘都是強調速度的快板，與第七號的組成很不相同。

第七號交響曲其實是延續了他第三號、第五號交響曲的英雄主題，雖也沒有一個樂章標舉是慢板，但從第一樂章所提示的：「須綿密延長的有精神的快板」（Poco sostenuto; Vivace）開始，速度就不是很快，而且這樂章拉得很長，使得有許多「綿密」的意涵深藏其中。第二樂章是「小快板」（Allegretto），其實是一個有葬禮含意的樂曲，貝多芬一反常態，不以一般慢板方式處理這種葬禮場面，而代之以較快的速度，較明亮的精神。貝多芬的「英雄」觀在寫第五號《命運交響曲》時已有相當的改變，他在《命運》中，有意把愉快的、光輝的色彩加入對英雄的頌歌中，與第三號的悲劇含意明顯不同。到第七號，他連描繪英雄的葬禮也用了一種類似進行曲的節奏與速度，當然仍帶著一點惋惜與哀傷，但那種哀傷已昇華成另一種對生命的禮讚，可見貝多芬的人生境界確實有所改變。

第七號交響曲是貝多芬有關「英雄」主題的最後一首交響曲，這首曲子不如《命運》的激昂，不如《英雄》的蒼鬱悲涼，明顯看得出來，這個時期的貝多芬，對生命有更深一層的體悟。這首交響曲在緊接第二樂章葬禮的旋律之後，第三樂章用的是「急板」（Presto），第四樂章是「朝氣蓬勃的快板」（Allegro con brio），前者充滿動感，後者是令人歡欣又激動

冬夜繁星

的舞曲，象徵人生所遇的高潮一波接著一波而來，華格納曾讚譽第四樂章這段音樂是「舞曲中的極品」。

貝多芬在第七號交響曲中，無疑擺脫了一般人對「英雄」的固定態度，也對死亡，做了迥異於眾人的詮釋。似乎有一種含意是，死亡不見得是不幸的，我們對英雄人物的憑弔追思，無須都用悲哀的方式，這是這首交響曲最積極的含意。

第八號交響曲是一首比較小規模的交響曲，一向不太受人重視，它跟第四號一樣，夾在兩首十分重要的交響曲（第七與第九）之間，所以有人忽略它本身的價值，只把它當成兩大交響曲之間的「橋梁」。但我以為它就算是「橋梁」，本身也有獨特的意義，它的價值是完全獨立的。

這首交響曲比較短，而且除第三樂章之外，其他三個樂章都是快板或小快板，使得這首曲子給人的印象是流暢而愉悅，其他的內容就不太多了。我認為貝多芬在寫完第六號《田園》與第七號交響曲之後，他有點小小的空閒，這一段空閒，讓他靜下來回顧沉思，寫這首「小」的交響曲，有一種回憶的意味在內。

這時的貝多芬，在維也納的聲譽已隆，他已被公認是海頓、莫札特之後最有創作力的音樂家，他無須追求更大的成就。但在私底下他沒有海頓、莫札特的人緣，他是個不得意的人，幾次戀愛的失敗，家人間的不和，再加上耳聾造成的隔絕，所有的困頓，使他認識人生悲劇不可避免。這種認識很好，所謂「置之死地而後生」，在有這種領悟之後，他變得更

加放鬆又自由，自由讓他從容的回憶。

回憶的當然是往事。他青年時代到維也納，曾師事過海頓，他自幼就崇拜莫札特，也見過莫札特，他早年的作品承襲古典遺風，免不了受海頓、莫札特的影響。當然他後來變了，逐漸建立起自己的風格，而且這種風格也影響到其他人，慢慢形成一個新的風潮，而且他知道，自己是這個風潮旋渦的核心，他不斷構思有「偉大」性質的作品以圖不朽，譬如他將在十二年後（1824）「推出」的第九號交響曲，其實在十多年前即開始準備經營了，只要聽他的《為鋼琴、合唱與管弦樂而作的合唱幻想曲》（*Fantasie für Klavier, Chor und Orchester, Op.80*），就知道有多少第九號交響曲的素材在其中，而這首《合唱幻想曲》的創作年代是1808年，可見貝多芬在藝術創作上的用心。

也有人說像第八號交響曲的這種規模小的作品，是他應人的要求所作，無須花費太多心力。我不如此觀，貝多芬就算是為人請求所寫的作品，也從沒輕鬆浮濫過（譬如三首《拉蘇莫夫斯基弦樂四重奏》），何況第八號交響曲並非受人請託，是他自發的作品。這首作品的規模雖然小，但一點也不隨便，作品中隨時看到他獨特創新的地方，也看到他追隨古典大師的痕跡，第三樂章的小步舞曲，令人不得不想起海頓與莫札特，他並不刻意抹煞自己藝術的師承，也不迴避自己曾經走過的路途。

這兩首交響曲的好錄音很多，先談第七號交響曲：

冬夜繁星

1、克萊伯1974年指揮維也納愛樂的錄音（DG）。克萊伯的錄音不多，但DG為他錄的貝多芬第五與第七，兩首都被唱片界譽為經典，熱中此曲的人不能遺漏此版本。這張唱片與他錄的第五號交響曲一樣，氣勢與力度都掌握得極好，行雲流水，光彩奪目，從頭到尾，毫無鬆懈。

2、阿巴多1988年同樣指揮維也納愛樂的版本（DG），這個版本錄音極好，阿巴多的指揮也極流暢，樂團的音色整齊漂亮，力度稍遜於克萊伯，但音樂的空間感十分出色。阿巴多所錄的第七號後面緊接著的是貝多芬第八號交響曲，也是同一年同一樂團的錄音，水準也高，值得聆聽。

3、伯恩斯坦1990年8月在坦格塢（Tanglewood）音樂營指揮波士頓交響樂團演出實況錄音（DGG），這張唱片前面錄的是英國作曲家布列頓的四首《海的間奏曲》，後面錄的是貝多芬的第七號。這張唱片的特殊性在於它是伯恩斯坦的最後錄音，隔了兩個月，他就過世了。還有就是這首伯恩斯坦指揮的交響曲與他以前的錄音比較，慢得出奇，也比他人的錄音慢很多，聲音很飽滿，充滿了內省的成分，值得一聽。

4、卡拉揚60年代與80年代的兩次錄音（DG）都十分好，其實以音樂性而言，卡拉揚50年代指揮維也納愛樂所錄的第七號（EMI），不見得比後期的錄音差，雖然那時還是單聲道錄音。

第八號交響曲的唱片，除了上面提過的阿巴多指揮維也納愛樂的之外，尚有：

1、華爾特1958年指揮哥倫比亞交響樂團（Sony）的錄音。在年份上，華爾特這套唱片已可以稱作是「歷史錄音」了，但以今天的標準來看，當時的錄音能挑剔的並不很多，樂團的整體表現是不疾不徐又溫文典雅，可見指揮的識見超人，自信有成，流利暢達，毫無賣弄之跡，所展現的胸襟與氣度，皆非凡人所及，所以這張唱片還是最值得推薦。

2、卡拉揚的幾次錄音，也都不錯，但這首曲子，我個人還是比較喜歡他60年代錄的那套全集中的，我總覺得這套錄音是卡拉揚最誠實的演出，後來的幾次，都免不了有點沾沾自喜、揚揚自得的味道。

3、有張托斯卡尼尼1939年指揮NBC交響樂團的錄音（RCA）很值得一聽，當然以錄音而言，是很粗糙的，但托氏指揮這曲子，速度與別人完全不同，簡直是在一路超車的狀況下「搏命」演出，驚險萬分。但聽完了，也覺得很有味道，他雖然在一路趕，尤其第三樂章原本比較慢的部分，比別人快了許多，但依然聽得出他的音樂性很豐富，好像並沒有省略了任何部分，托斯卡尼尼絕對是一位特殊的指揮家。

下面來談第九號交響曲《合唱》。

在寫完第七與第八號交響曲後，貝多芬有十二年沒再寫交響曲，一直到1824年的二月，他才完成這首，再過了三年，貝多芬就死了。所以這是貝多芬「晚期」唯一的一首交響曲，對貝多芬而言，這首曲子十分重要，在音樂史上，這也是完全不

冬夜繁星

能忽略的作品。

　　第九號交響曲D小調，Op.125，之取名《合唱》，是在該曲的第四樂章放了一個很大規模的混聲大合唱的緣故。貝多芬構思這個作品很久，有人說源自於他還在波昂的時代，就為席勒（Johann Christoph Friedrich von Schiller, 1759-1805）的詩寫過筆記，但是否與這首曲子有關，卻不是那麼能確定，能確定的是1808年他為鋼琴、合唱與管弦樂所寫《合唱幻想曲》時，已用到第四樂章合唱曲的旋律，證明在十六年前或者更早，已有這首交響曲的一些腹案了。

　　這首交響曲的高潮無疑在「合唱」，是採用席勒的詩〈快樂頌〉（Ode an die Freude）為歌詞。為了容納又凸顯席勒的〈快樂頌〉，貝多芬不惜改變了整個交響樂的規模與體制，舉例而言，一般交響曲四個樂章的安排是快－慢－快－快，而第九號交響曲的快慢順序則採快－快－慢－快的方式，第四樂章「合唱」之前的三個樂章，好像全用來做那個「合唱」的序曲似的，尤其是慢板的第三樂章，柔和優美又充滿了各式意涵，讓人在寧靜與溫馨的氣氛中期待一個新的驚喜。

　　其次是這首交響曲的長度，整個曲子演出需時七十多分鐘，幾乎是古典交響曲三、四倍之長。再加上組織龐大，演出這個曲目需一個最大編制的交響樂團，加上男高音、男低音（有時以男中音取代）、女高音、女低音及一個全聲部的合唱團，如此龐大的規模，歷史上從未見到之外，就是到今天，也非常少有，所以這首交響曲在初演的時候，場面只能以石破天

最後三首交響曲

驚一詞來形容。當然，這都是從表面看出的景象，在意義上看，則有更多的發現。

在寫《英雄交響曲》之前，貝多芬確實被法國大革命的新思潮所鼓舞，革命已過了十多年，雖然亂象處處，但他當時以為，新的英雄即將誕生，新的英雄將帶領人們掃蕩一切，重拾理想，奮勇向前。但當《英雄交響曲》寫完，他對心目中「英雄」的憧憬完全破碎了，原來這個拿破崙是個不折不扣的騙子，在貝多芬而言，歐洲（其實等於世界）又落入低暗又哀傷

克倫培勒指揮愛樂交響樂團演奏第九號交響曲，合唱部分由萊特納指揮。

的深淵，他心中的沉淪感可以想像。

　　從貝多芬的中期到他創作的晚期，那種陰暗一直在他心中揮之不去，當然陰暗不見得是時局的緣故，貝多芬的身體狀況，尤其是日益嚴重的耳疾不斷打擊著他，再加上是孤獨的藝術家，沒有任何可以交心傾談的朋友，他時而故作輕鬆，也寫了些讓人愉悅的曲子，不過整體而言，他人生襯底的色彩是深沉又不光亮的，這點可以斷言。

　　但可貴的是貝多芬就是在多麼困絕的環境之中，卻也從來沒放棄過希望，他浪漫的熱情，也好像從沒消失過，這一點尤其在他交響曲的創作看得出來。他浪漫的理想是什麼？鋼琴家兼指揮家巴倫波因（Daniel Barenboim, 1942-）認為可以用〈快樂頌〉中的一句詩來代表：「世人都將成為兄弟」（Alle Menschen warden Brüder）。這句詩多麼像中國聖賢的話「四海之內皆兄弟也」，簡捷有力又涵意無窮，當世界的人都像兄弟一樣，代表世界沒有對立，而人心也沒有了畛域，每個人都是開放的，那才是個真正平等而自由的世界。總之貝多芬想用他的音樂引導人們通過層層陰暗與絕望、衝突與鬥爭，最後獲得內心徹底的解放與自由，那時真正的歡樂就會鋪天蓋地的到來。我每次聽第四樂章，合唱團唱出以下的句子，心中就有無限的感動，歌詞是：

　　算得上非常幸運，
　　Wem der große Wurf gelungen,

有個朋友可以與我心連心，
Eines Freundes Freund zu sein,

有一個溫柔的妻子，
Wer ein holdes Weib errungen,

可以歡樂同聚！
Mische seinen Jubel ein!

真的，只要世上還有
Ja, wer auch nur eine Seele

一個可以稱知己的，便也無憾，
Sein nennt auf dem Erdenrund!

假如他一無所有，不如離開這個圈子，
Und wer's nie gekonnt, der stehle

讓他偷偷去哭泣。
Weinend sich aus diesem Bund.

　　貝多芬一生沒有什麼所謂知心的朋友，更沒有與他共享苦樂的妻子，詩裡「離開這個圈子，讓他偷偷去哭泣」，所指的原來是自己。羅曼・羅蘭說過貝多芬之所以偉大，在於「貝多芬自己並沒有享受過歡樂，但他把偉大的歡樂帶給所有的人們。」所以從道德上言，〈快樂頌〉的出發點出奇的高，因為其中的「克己」。

　　由於這首〈快樂頌〉有《禮記・禮運大同篇》高遠的理

冬夜繁星

想，再加上貝多芬音樂的高昂鬥志，這首交響曲自演出後，就深深的影響到歐洲樂壇，風靡歷久不衰，成為人類高貴心靈的合唱。二十世紀末冷戰結束後，東、西兩德尚未統一，兩德共組團隊參加奧運，代表兩德的「國歌」，用的即是〈快樂頌〉。後來「歐盟」成立，也毫無異議的通過以〈快樂頌〉的合唱主題作為歐盟的代表音樂。還有每年五月在布拉格舉行的「布拉格之春」音樂節，這首音樂必定是閉幕典禮演奏的曲目，可見這首交響曲的影響之大。

　　不過也有不同的聲音，有些人認為這首音樂不能代表貝多芬所有，獲得諾貝爾獎的日本文學家大江健三郎曾說，他喜歡貝多芬的作品，只是第九號交響曲例外，可見世上也有人不是很喜歡這個曲子的，但無損它的價值。

　　提起這首交響曲的唱片，真是名片如雲，所有稱為大師的指揮家，幾乎都有過錄音，我只選幾個比較特殊的談談。

　　1、福特萬格勒（Wilhelm Fürtwängler, 1886-1954）1951年在拜魯特音樂節指揮拜魯特合唱團及交響樂團（Chor und Orchester der Festspile Bayrueth）演出的錄音（EMI），獨唱者有舒瓦茲柯芙（Elisabeth Schwarzkopf）、亨根（Elisabeth Hongen）、霍普登（Hans Hopf）與埃德曼（Otto Edelmann）。這是張單聲道唱片，經過轉製，不免偶有雜音，但整體表現，凝肅中充滿高華的氣象，這首交響樂主題所強調的歡樂，不是輕浮的逸樂，而是透過宗教的洗禮、道德的淨化

伯恩斯坦1989年在柏林布蘭登堡前露天演出第九號交響曲,把《快樂頌》改名《自由頌》。

與藝術的美化所達到的昇華境界，所以這音樂曲，有相當的宗教氣息，也有高超的道德與美學意涵，卻絕不說教。福特萬格勒的這張唱片，由於沒有在錄音上花太多手腳，卻反而顯得單純又神聖，不愧為經典。但這張唱片要多聽幾次，才能進入他音樂的核心，體會音樂後面的生命力道，絕不可淺嘗即止式的隨時一聽了事。

　　2、伯恩斯坦一生錄過幾次第九號交響曲，最早在他年輕時代指揮紐約愛樂的，當時的表現很一般，但1979年他指揮維也納愛樂現場錄音的那套貝多芬交響曲全集（DG），就表現得出乎意外的好了。尤其是第九號，全曲該沉穩處沉穩，該高昂處高昂，整體而言，進行得如行雲流水般的流暢，卻又氣勢堂堂，此時的伯恩斯坦智慧已高而熱情不減，是最成熟的時候。伯恩斯坦在1989年年底為慶祝兩德統一，曾指揮五個國際有名樂團及三大合唱團在柏林圍牆旁現場演出第九號交響曲，獨唱家包括安德森（June Anderson）、沃克（Sarah Walker）、科尼格（Klaus König）與Jan-Hendrik Rootering等人，規模及陣容可謂空前。特殊的是臨時把合唱中的德文「快樂」（Freude）改唱成「自由」（Freiheit），變成〈自由頌〉了，也是創歷史的新頁。唱片（DG）出版的時候，公司大作廣告，在一種特製的盒子中附贈了一片柏林圍牆的殘石，引起轟動。這張唱片由於現場過大，無法避免有錄音失準的部分，第一樂章也有點指揮不動而太慢的感覺，但進行一半之後漸入佳境，氣氛莊嚴肅穆中帶著極歡愉的情緒，合唱如波濤，一陣一

最後三首交響曲

陣拍擊上岸，代表人類自由的理想，雖經阻撓，永不止息。伯恩斯坦在演出前為他修改唱詞解釋說道：就是貝多芬在世，也會同意「我們」這麼做的吧。

3、托斯卡尼尼在1952年指揮NBC交響樂團演出的版本（原RCA後轉Sony）。這張唱片十分精采，合唱部分另有指揮，由羅伯·蕭（Robert Shaw, 1916-1998）擔綱。不論氣勢、速度與密度，都有特殊可觀之處。提起合唱另設指揮，大約是因為當時托斯卡尼尼年事過高，已無法指揮得動一個交響樂團與合唱團做大規模演出，合唱團必須另有指揮，但兩人指揮很難配合得恰到好處，所以在音樂會上很少見到。克倫培勒當年指揮愛樂交響樂團演出貝多芬全集，在演出第九號交響曲時，合唱也聘請另一指揮萊特納（Ferdinand Leitner, 1912-1996）來領導。克倫培勒曾患腦疾，晚年指揮樂團演出都坐在椅上，指揮動作也不大，為使在後排的合唱團跟得上節拍，只得效托斯卡尼尼故智，不過這兩張唱片都錄得不錯，也算是貝多芬第九的有名錄音。

4、卡拉揚的版本。卡拉揚為第九號交響曲所錄的音，市面隨便可以買到三、四種，分別是他早年在愛樂交響樂團（英國）、維也納愛樂與柏林愛樂的不同錄音。整體上說，卡拉揚在大師福特萬格勒與托斯卡尼尼之後，他有意集合兩人在貝多芬交響曲上的特殊成就，也有意想表現自己獨特的一面，由於他指揮的時間長，尤其主持柏林愛樂的時間極長（從1954到1989，前後達三十五年），再加上他也有相當的才華，他的企

冬夜繁星

圖很容易達成。他的機會比前面幾位大師更好，就是他遇到了比他們要好的錄音時代，所以他後期所錄的唱片，層次、節奏與聲部都清晰分明，比起前賢要「好聽」許多。但「音樂性」與「音效」有時息息相關，有時卻不見得是一回事，所以卡拉揚也有所失，那就是當他太強調一部分音效之後，另一部分比較自然的音樂性就相對的消失了，這是為什麼有些樂評家認為卡拉揚的幾次第九號雖然都錄得漂亮，終不如福特萬格勒或托斯卡尼尼的「動人」的緣故。但我認為卡拉揚的錄音有其無法取代的長處，他明亮果決，暢快淋漓，這些長處也不能一筆抹煞，還是欣賞貝多芬交響曲不能少的選擇。

最後三首交響曲

6 貝多芬的弦樂四重奏

　　弦樂四重奏的音樂型式，大概建立於十八世紀初年，地點是盛產弦樂器的義大利，開創者可能是亞歷山德羅·斯卡拉蒂（Alessandro Scarlatti, 1660-1725，作曲家多梅尼科的父親）與塔爾蒂尼（Giuseppe Tartini, 1692-1770）等人，到十八世紀末，這種音樂型式傳到維也納，海頓與莫札特都有不少這類的作品，到貝多芬的時代，弦樂四重奏益顯重要，往往成了音樂家比較個人言志的作品，成了表達作曲家思想的工具。

　　貝多芬一生有十六首弦樂四重奏，現在依編號羅列如下：

Op.18, No.1 in F major
No.2 in G major
No.3 in D major
No.4 in C major

貝多芬的弦樂四重奏

No.5 in A major

No.6 in B flat major（編號Op.18一共有六首，寫作時間在 1798-1800之間。）

Op. 59, No.1 in F major "Rasumovsky"

No.2 in E minor "Rasumovsky"

No.3 in C major "Rasumovsky"（編號Op.59共有三首，是 獻給俄國駐維也納大使、熱心弦樂四重奏的拉蘇莫夫斯基 伯爵，故名《拉蘇莫夫斯基四重奏》，作於1806年。）

Op. 74 in E flat major "Harp"（1809）

Op. 95 in F minor（1810）

Op. 127 in E flat major（1822-1825）

Op. 130 in B flat major（1825-1826）

Op. 131 in C sharp minor（1825-1826）

Op. 132 in A minor（1825）

Op. 135 in F major（1826）

　　貝多芬十六首弦樂四重奏跟他的九首交響曲一樣，從寫作 年份上看，也可以分成三個時期。Op.18的六首曲子無疑是貝 多芬最早的弦樂四重奏作品，Op.59的三首，加上Op.74、95這 兩首共五首，算他中期的作品，從Op.127算起到最後的Op.135 共五首，是他最晚期的創作了。貝多芬的作品編號到135號為 止，所以Op.135的F大調弦樂四重奏，算是貝多芬的「絕筆之 作」，這首四重奏寫完的次年，他就死了。

冬夜繁星

其實最後的五首四重奏非常特殊，當貝多芬在1810年寫完Op.95的F小調四重奏之後，就很長一段時間沒寫這種曲子，一直過了整整十二年，才又重新開始寫。最後五首的第一首Op.127，寫作得不是很順利，前後折騰了四年才定稿，再後面的四首，則糾葛、夾纏得厲害。從開始寫的年份來算，Op.130、131兩首比Op.132要早，但寫成定稿那首又比Op.132要晚，再加上這最後的五首四重奏，貝多芬完全不想遵守四重奏的基本格式來寫作。四重奏從海頓之後就確定了基本格式，就是分四個樂章，貝多芬在早期、中期的四重奏也都遵守不逾，但他在後期的四重奏就不太管這一套了，像Op.130他寫了六個樂章，而Op.131更多到七個樂章。Op.130的那降B大調四重奏，原本有六個樂章，最後一樂章因為過長，貝多芬自己都覺得不適合放在此處，決定將它獨立成篇，取名《降B大調大賦格》（*Grosse Fuge in B flat major*），並且有自己的作品編號是Op.133，留下的空缺，貝多芬在1826年10月又為它補了個終曲，所以這首Op.130還是保持了六個樂章。這個補寫的終曲，還完成在Op.135的後面，以樂章而論，這才真正是貝多芬的「絕筆之作」。但後世的演奏家覺得那首「大賦格」原是為Op.130而寫，整體精神氣勢還是它的一部分，往往還是將它放在Op.130的第六樂章來演出，當這首大賦格奏完，才演奏貝多芬所補的終曲樂章，便使得這首四重奏成了有七個樂章之長了。

整體而言，貝多芬的弦樂四重奏，前期明亮，中期莊嚴，

貝多芬的弦樂四重奏

晚期艱深複雜。Op.18的六首，無論單曲式結構及所有技法的應用，幾乎都從海頓、莫札特而來。有趣的是六首一組，是從巴哈以來的「組曲」（有時稱Partitas有時稱Suites）的習慣，我們看巴哈的無伴奏大提琴、小提琴及為古鋼琴所作的組曲都是各組六首，海頓一生寫了八十幾首弦樂四重奏，大部分的作品也採六首一組，1785年，莫札特呈獻給海頓的一組弦樂四重奏，也同樣是六首。貝多芬的Op.18也同樣六首一組，在形式上已表明了遵守從海頓甚至巴哈以來的傳統。但如果純從傳統來看貝多芬的這組作品則可能誤判，因為在這六首四重奏中，他處處顯示了獨特的智慧，以求與以往的「不一樣」，比起前輩的作品，確實進步不少。然而從貝多芬的所有藝術來看，這初期的作品還不算他最成熟之作，模仿前期大師的影子還是有的，整體而言，清亮和諧的成分多些，複雜性超過了海頓、莫札特，沉澱累積、掙扎衝突這些在後期作品中所常見的素材則不多見，使得這組作品的「厚度」比較不足。

中期的五首四重奏的首三首《拉蘇莫夫斯基四重奏》，寫在他寫第四號交響曲的同年。貝多芬在此之前，已寫了令世人震驚的第三號交響曲《英雄》，他個人的風格已算建立。在第三號交響曲中，他大膽又自信的把一些原本不在音樂中的元素加入音樂，譬如在當時只有文學裡才有的一種英雄觀念，所謂英雄不再是神而是人，而這個「人的英雄」又是作者自己人格理想的化身，所以是個人主義式的。貝多芬讓他的《英雄交響曲》以及後來的音樂充滿了「人」或「個人」的色彩，這是以

冬夜繁星

往音樂所不曾有過的。

由於三首《拉蘇莫夫斯基四重奏》是應俄國駐維也納大使所邀而寫作，貝多芬在這三首曲子之間加入了不少俄羅斯音樂的元素，使得這幾首作品具有貝多芬音樂少有的異國情調。

在其中最有名的是F大調的那首，有人把這首四重奏當成他弦樂四重奏中的《英雄交響曲》看，主要是這首四重奏與第三號交響曲一樣（甚至更像第五號交響曲），在第一樂章一開始，就讓充滿自信的大提琴為主角奏出有進行曲意味的主題，由弱轉強，旋律則是先由大提琴的C提升到小提琴的高度F，接著由一個完美的奏鳴曲接續，由降E小調再升為F大調，元氣淋漓又彩色繽紛，是以往四重奏難以達到的高度。

緊接在後面的的詼諧曲，是貝多芬在四重奏的首創，這個原本有開玩笑性質的樂段放在音樂中，是要平衡音樂的嚴肅性。但貝多芬在鋼琴三重奏或弦樂四重奏使用詼諧曲，不是拿來作詼諧之用，他試圖在可允許的範圍內把音樂作盡可能的變化，假如一些人覺得太離經叛道了，可解釋說，這便是使用詼諧曲的原意呀。在這首四重奏中的詼諧曲，他使大提琴在一個降B大調的旋律中打轉，久久也沒有衝出重圍的意思，當然是有一種開玩笑的性質，不過貝多芬想利用這被允許的開玩笑的機會，把一些既存的規格打破打散，好讓以後能夠建立一些新的東西。第三樂章慢板，貝多芬特別標明了「悲哀的」（mesto）字樣，以旋律而言，確是十分簡單，但樂思綿密、哀而不傷，顯示貝多芬超拔的人生態度。尤其與後一快板樂章

貝多芬的弦樂四重奏

義大利弦樂四重奏所出貝多芬絃樂四重奏全集。

衝接（通常兩樂章連續演出，中不停頓），兩相對照之下，這個慢板樂章把事物與事物之間的距離拉遠了，而到快板樂章則又拉近，音樂興奮的把人提升到另一個從未達到的高度，便立刻戛然而止，這是貝多芬最擅長的終止方式，把尾聲從形式上的結尾擴張成壯觀的高潮，第九號交響曲《合唱》最後一個樂章也是用這個方式結束。

其他兩首《拉蘇莫夫斯基四重奏》也各有優點，處處顯示超凡的氣度，華麗又謹嚴，貝多芬寫這三首四重奏，雖然是應邀所作，卻沒有任何潦草應付的痕跡，無論在形式與內容上，都有大幅度創新的成分，是弦樂四重奏這種樂曲從未達到的高度。

同一時期的Op.74與Op.95也是這樣，這段是貝多芬最有創作力的時期，從第三號到第八號交響曲，還有大多數的鋼琴奏鳴曲、小提琴奏鳴曲以及第三號以後的鋼琴協奏曲與唯一的小提琴協奏曲都寫在這時候，貝多芬假如沒有以後的作品，在樂壇也注定是不朽的了。

貝多芬中期之前的弦樂四重奏談到此處，至於唱片，放在晚期一併介紹。

非得如此嗎？

7 非得如此嗎？（Muβ es sein?）
——晚期的弦樂四重奏

　　中期的弦樂四重奏不朽是確定了，但能不能算是「偉大」，則還須推敲。貝多芬在寫完四重奏Op.95之後，竟然有十二年不再寫四重奏了，不只如此，他在1812年寫了比較簡短的第八號交響曲之後也「停筆」了十二年，直到1824年才完成他最後的一首交響曲《合唱》。要知道貝多芬在世上只活了五十七歲，這十二、三年對於他的創作是何其重要，他為什麼停頓呢？而他後來為什麼又再「開始」寫作？所寫成的東西與以前比較有什麼不同？這層層疑竇形成了貝多芬「晚期風格」的討論，最有名的是德國音樂哲學家阿多諾（Theodor W. Adorno, 1903-1969）與當代學者薩依德（Edward W. Said, 1935-2003），他們都有專書討論此事。

　　貝多芬的「晚期」起始於哪一年，並不是很好確定，但我們從他比較接近死年（1827年）創作的作品，譬如第九號交響

非得如此嗎？

曲、《莊嚴彌撒曲》（*Missa Solemnis*）、最後五首鋼琴奏鳴曲、十七首鋼琴小品以及Op.127之後的最後五首弦樂四重奏來看，這些作品不見得有統一的「風格」，但確定的是這些作品與以往的作品比較，形成了一種絕殊的風景，令人不得不用奇怪的眼光看待。

提起貝多芬晚年作品中所呈現的這種與以前比較完全不同的風格，阿多諾這樣說：

> 重要藝術家晚期作品的成熟不同於果實之熟。這些作品通常並不圓美，而是溝紋處處，甚至充滿裂隙。它們大多缺乏甘芳，令那些只知選樣嘗味的人澀口、扎嘴而走。它們缺乏古典主義美學家習慣要求於藝術作品的圓諧（Harmonie），顯示的歷史痕跡多於成長痕跡。流行之見說，它們是一個主體性或一個「人格」不顧一切露揚自己，為表現之故而打破形式之周到，捨周到圓諧而取痛苦憂傷之不諧，追隨那獲得解放的精神給它專斷命令，而鄙棄感官魅力。晚期作品因此被放逐到藝術的邊緣，淪於被視為比較接近文獻記錄。事實上，關於最末期貝多芬的討論極少不提生平和命運，彷彿面對人死亡的尊嚴，藝術理論自棄權利，在現實面前退位。

從阿多諾的敘述來解讀，貝多芬晚年的這幕特殊風景其實並不「好看」，它既不圓熟，也不和諧，很多地方甚至十分苦

冬夜繁星

澀，有時還有「暴力」的傾向，尤以晚期的四重奏與鋼琴奏鳴曲為最，這些作品由於壓力過大，形成某些突兀與不和諧，往往令人不忍卒聽。究竟何以致之？一個原因是貝多芬的身體狀況極差，耳已全聾，幾乎無法與人溝通，對聲音的概念與以往比較有大幅度的差異。托斯卡尼尼在處理貝多芬第六號以後的交響曲時，往往把標記為極強的改為中強演出，就是這個原因。另一個原因則更為驚悚，貝多芬自知將死，便調整了他對別人與自己的看法，他也不想用以往的定律法則來處理身旁的一切事物，寧願把所有的東西撕裂撕碎，包括藝術，由於晚期作品有這麼一種自毀的傾向，所以阿多諾說貝多芬的晚期之作是災難。

當然這個說法是有所本的，早於阿多諾的托馬斯‧曼在他的小說《浮士德博士》（Thomas Mann, 1875-1955: *Doktor Faustus*）中曾藉小說主人Adrian Leverkühn的口發表意見說：

> 貝多芬的藝術超越了自己，從傳統境界上升而出，當著人類驚詫的眼神面前，升入完全、徹底、無非自我的境遇，孤絕於絕對之中，並且由於他喪失聽覺而脫離感官；精神國度裡孤獨的王，他發出一種凜冽的氣息，令最願意聆聽他的當代人也心生驚懼，他們見了鬼似的瞪目而視這些溝通，這些溝通，他們只偶爾了解，而且都是例外。（以上兩段引文均彭懷棟先生譯）

非得如此嗎？

也就是說貝多芬在晚期的作品中（尤其是他的四重奏）透露出他生命方向的大改變，以前朝向光明，現在面對黑暗；從以前作品中到處充滿的自信，到後來到處見到的懷疑。整體說來，此時的貝多芬從憧憬、明亮而深雄的生命基調，變成失序、錯亂甚至於沉淪不可自拔的境遇。當然唯一的例外是第九號交響曲《合唱》，在《合唱》裡面，貝多芬仍保持著對人生最高的理想與熱情，但在別的曲子中，那種高岸的理想與熱情卻有的消退有的變質了，換來的是面對殘酷現實之下的自處之道。假如把音樂當成一種溝通，這時的溝通是濛昧不清的，方式又充滿了暴躁的激情，所以湯馬斯‧曼說聽眾「見了鬼似的瞪目而視這些溝通」，而幾乎總是摸不清門道。鋼琴家兼指揮家巴倫波因曾說，貝多芬的交響曲是對大眾演說，而鋼琴曲與四重奏則是比較隱密性質的私語，兩種方式都是發自心的，但後者比較沒經過層層克制或修飾，所呈現的自心可能更為直接些。

　　但因為有這些，貝多芬除了不朽之外，才有可能偉大。所有偉大的藝術都是立體的而非平面的，光明之所以是光明是因為有黑暗，假如沒有黑暗或黑暗的「暗度」不夠強烈，光明的價值便無從呈現或者呈現不足。這是為什麼「浪子回頭」的故事總比天生善人的故事來得動人，因懷疑而堅信才更有信仰的力量，不過貝多芬是反其道而行之，在貝多芬的晚年，懷疑的成分永遠比堅信的要多。

　　我們從他最後一首弦樂四重奏來看。這首Op.135的四重奏

冬夜繁星

是貝多芬所有作品的最後編號，應該是他最後的一首作品。已如前說，這是從整首曲子來看，貝多芬的最後的「絕筆之作」其實不是這首，而是為Op.130四重奏所「補」的最後第六樂章。這首Op.135與其他幾首晚期的四重奏不同，在於它沒有任意的擴張篇幅，只四個樂章，每個樂章也不太長。他晚期的四重奏大多十分綿長，樂章之間的比例也不很平衡，譬如Op.132的那首A小調四重奏共五個樂章，第四樂章 Alla marcia, assai vivace演奏起來只要兩分鐘，而第三樂章 Molto adagio則要十五分鐘以上，長短相差得厲害，而這首四重奏則均衡許多。從表面上看，這應是一首比較「平和」之作了，但表面不足以判斷內心，這時的貝多芬的內心其實衝突得厲害，最有名的是他在這首樂曲最後一樂章的原稿上，寫了兩個令人匪夷所思的註記，便是「非得如此嗎？」（Muβes sein?）與「非得如此！」（Es Muβsein!）

　　當然這兩句話的解釋幅度很大，註記在樂譜上，應該與音樂的內容有關，然而貝多芬的音樂與他的人生密不可分，所以這也是人生的問題。有什麼事是「非得如此」的，卻又令人懷疑不斷？在音樂而言，是指音樂必須與人生接軌嗎？巴哈以降的古典大師就並不如此，而我要另創新局嗎？貝多芬自《英雄》與《命運》後，已算是開創了新局了，但應否如此或者新局是否成功，自己並不能判定。當時的貝多芬在音樂上的改革，在樂壇已形成重要話題，贊成反對的人都有，但他知道議論洶洶，其實都是假象，無助於釐清真實，所以他懷疑。如果

所困擾的是人生的問題，那更複雜許多，他在寫《英雄》的時候，就相信人類高貴的理想終必實現，在寫《命運》的時候，他相信人類意志與命運的對抗，獲勝的必然是有意志力的一方，然而現在他卻不見得全做此想了。看看命運在他身上肆虐成什麼樣子，他是一個全聾的聾子，對一個音樂家而言，這是什麼一種待遇呢？他聽不到眼前的聲音，音樂是藏在記憶與更深的靈魂深處，再加上他到老年孑然一身無依無靠，命運冷冷在前，他一點也無法與之對抗，有人說貝多芬有一種「不屈的靈魂」，但當人的生命也被剝奪了後，他不屈的靈魂將依附何處？

這些問題不見得是貝多芬當時所想的，但確實很重要，也不能說非不是他當時所想的。世人固然不了解他，他其實對自己也並不篤定，總之這時的貝多芬複雜得很，他不想討人喜，寧願讓自己的藝術變得晦澀難解，像一個雕塑家，他好不容易雕刻了一個人人稱羨的偉大雕像，卻又不顧一切的把它毀了，他讓他的生命與藝術都變得殘缺不全，他故意如此，一點也沒有顧惜的樣子。但這些殘缺，才使他藝術上的偉大有了可能。

這話題永遠說不完，就此打住。對我個人而言，貝多芬的弦樂四重奏的重要性永遠超過他的交響曲，原因很簡單，弦樂四重奏透露了更多貝多芬心裡的話，他晚期弦樂四重奏裡所顯示的徬徨、猶疑與無枝可棲，也往往是我生命中常碰到的情調素材。貝多芬的交響曲給人的是鼓舞，而弦樂四重奏給人的常常是安慰，一種傷心人皆如此的安慰。

冬夜繁星

下面談一談有關貝多芬弦樂四重奏的唱片。

四重奏看起來編制小，表演起來比交響曲簡單許多，其實不見得。弦樂四重奏分第一小提琴、第二小提琴、中提琴與大提琴四部，與交響樂團的弦樂部的組織完全一樣，所以弦樂四重奏只要把樂手按比例增加了，就可以成為交響樂的弦樂部了，莫札特之前的交響樂，其實是以弦樂部為基礎，加上幾個管樂器與打擊樂器所組成的。貝多芬的弦樂四重奏就也被改成弦樂交響曲來演奏過，最有名的是那首原放在Op.130的《降B大調大賦格》（後來獨立成篇後改為Op.133），福特萬格勒與克倫培勒都有弦樂交響曲式的演出錄音，氣勢規模完全不遜交響曲呢。

由於人少，演出時步步吃緊，四重奏的樂手個個要有獨到的看家本領，絕不可隨便蒙混過關的，所以四重奏的樂手往往是那類樂器裡的高手。貝多芬的弦樂四重奏，長久以來被視為四重奏的試金石，以致歷來名「團」輩出，所錄的唱片，也有極高的數量，我這兒不採各首的演出來作評解，而採綜合的演出貝多芬弦樂四重奏全集來討論，主要是節省篇幅的緣故。

1、阿馬迪斯弦樂四重奏團（Amadeus String Quartet）演出的版本（DG）。這個弦樂四重奏團由小提琴家諾伯特・布萊寧（Norbert Brainin）、西曼・尼塞爾（Siegmund Nissel），中提琴家彼得・席德洛夫（Peter Schidlof），與大提琴家馬丁・洛維特（Martin Lovett）（前三人為猶裔，大提琴家為英國

人）在1948年於倫敦組成，1987年中提琴家Peter Schidlof過世後，團體便自然解散。他們所錄的貝多芬弦樂四重奏全集，歷經多年的考驗，仍在唱片界占有崇高地位。原因第一是他們是唱片工業開始發達的時候少有的四重奏團體，他們對貝多芬弦樂四重奏的演奏詮釋早已深入人心，後人很難改變，第二是他們的演奏也確實中正平和，沒有太多的煙硝味（也許他們的唱片都是從早期的黑膠唱片翻錄），當然也因為錄音較早，他們的唱片也缺少一些亮度，對於某些講究緊張力道的欣賞者言，有點不過癮的感覺。但他們的演奏誠實又忠於原作，中期的五首四重奏，時見光彩，大體上言，是欣賞貝多芬弦樂四重奏不可缺少的版本。

2、義大利弦樂四重奏團（Quartetto Italiano）的演奏版本（Philips）。這個由小提琴家Paolo Borciani、Elisa Pegreffi（女），中提琴家Lionello Forzanti與大提琴家Franco Rossi，在1945年所「原創」的弦樂四重奏團體一直活躍於歐洲，後來中提琴家Lionello Forzanti早逝，由其他音樂家頂替，參與最久的是Piero Farulli，直到1980年解散前，又換成Dino Asciolla。這個四重奏樂團雖然成立於浪漫氣息很濃的義大利，但演奏四重奏作品無論古典的莫札特或浪漫派的布拉姆斯，都極守「分際」，使得原音重現，不會任意發揮，被認為是貝多芬作品最忠實的詮釋。他們所錄的貝多芬四重奏，不論前期、中期與晚期的作品都被樂壇評價甚高，尤其是在70年代所錄的全集，一般佳譽不衰。

冬夜繁星

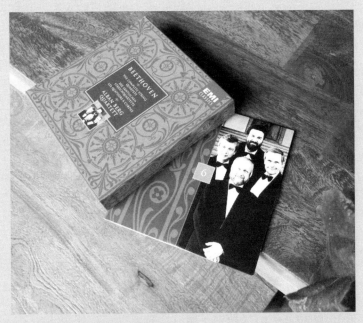

阿班‧貝爾格弦樂四重奏團演出的貝多芬弦樂四重奏版本。這套唱片錄音前後相隔了不少時間，但精準持重又有一貫的氣勢，尤以演奏貝氏中、晚期作品為最。

這個樂團與幾乎同時活躍的阿馬迪斯四重奏團的比較，以貝多芬的全集為例，阿馬迪斯的錄音顯然沒有義大利的好，雖然同樣訓練有素，演出都極為典雅，但以亮度而言，義大利的比阿馬迪斯的較為勝出，這是可能義大利的日照永遠比英國與維也納要多的緣故吧。

　　3、阿班・貝爾格四重奏團（Alban Berg Quartett）的演奏版本（EMI）。這個樂團成立的時間比上面兩個樂團晚得多，是在1971年由四位維也納音樂院的年輕教授組成，分別是小提琴家畢希勒（Günter Pichler）、麥茲爾（Klaus Maetzl），中提琴家拜爾魯（Hatto Beyerle）與大提琴家爾本（Valentin Erben）。三十多年來，第二小提琴與中提琴都換過人，而第一小提琴手與大提琴手一直到2008年解散，都是由同樣兩人擔任。這個樂團成立之初，以演奏二十世紀維也納樂派的作曲家荀白克（Arnold Schönberg, 1874-1951）、貝爾格（Alban Berg, 1885-1935）、魏本（Anton Webern, 1883-1945）的曲目為標榜，所以取名阿班・貝爾格四重奏團，但後來也演出其他的曲子，尤以貝多芬的四重奏蜚聲國際，幾乎每次演奏會，都會有貝多芬的作品。這個EMI的全集版是經過不短時間錄製的，所以錄音的品質不是很穩定，第二小提琴已換上舒茲（Gerhard Schulz）來擔綱，中提琴先是拜爾魯後來換上卡庫斯卡（Thomas Kakuska），但整體而言，是一個很好的演出全集。中期的《拉蘇莫夫斯基四重奏》表現得光彩奪目、淋漓盡致，是他們演出的強項，晚期的五首四重奏則精準持重又特有氣

冬夜繁星

魄，是十分有分量的演出。

　　4、其他以演奏貝多芬四重奏有名的樂團實在太多，羅馬尼亞的韋格四重奏（Quatuor Végh）演出的版本（Valois）與英國林賽四重奏（The Lindsays string quartet）的版本（ASV）也極有分量，只是這兩個版本的唱片商不是很大，產品市面不容易找到，只好放在這兒以備參考。

非得如此嗎？

輯二 ｜ 神聖與世俗

因此巴哈的音樂不見得一定要乞憐於靈感，他的方法是憑藉著一段樂思，然後加以推演鋪敘發展而成一個大場面的音樂，用的是比較接近數學演繹推算的方式。也可以遊戲的方式來看他的作品，他的音樂有點像堆積木，積木越堆越高，有一端要倒了，就在這一端再加幾塊來維持平衡，這樣多次重疊上去，把積木堆成一個漂亮的城堡。

8　最驚人的奇蹟

──巴哈的大、小提琴曲

　　華格納曾說，巴哈的音樂是一切音樂中最驚人的奇蹟。

　　說起巴哈（Johann Sebastian Bach, 1685-1750）與巴哈的音樂，可以談的東西可多了，他一生屢遭波折，而音樂作品，可謂是不計其數。這「不計其數」四字不只是形容詞，而是很接近事實的說法，因為到今天為止，經過多少音樂史家的蒐羅、爬梳、整理，對他作品的數量還是不能完全掌握確定，依據德國人施密特（Wolfgang Schmieder）1950年所編的巴哈作品目錄（Bach Werke-Verzeichnis, BWV）看，最後一號是BWV1120，說明巴哈的作品就有一千一百二十首之多了。

　　可是這張目錄，不是巴哈作品的所有，因為遺失或未發現的作品其實還很多，而從目錄編號，也不能看出太多真實狀況，因為有的曲目雖然只一有個編號，演奏起來卻很長，譬如他有名的《馬太受難曲》的編號是BWV244，這曲子要灌三張

CD唱片，全曲演出要三個小時以上，而他的十二平均律上下兩冊，共有四十八個「前奏與賦格」（Preludes & Fugues），一般把它當成一套兩冊的作品，卻享有四十八個編號（BWV846-893），如果我們以作品編號來預估曲子的數量與長短，就常常會弄亂了。

其次施密特編號不是依據巴哈作品的創作時間來編，而是依據作品的性質而編的，他首先編的是巴哈的康塔塔與宗教上的清唱劇、受難曲、彌撒曲，最後才編他的器樂獨奏曲或室內樂作品，這使得我們無法從編號的序號上看出巴哈作品創作的年代（譬如由貝多芬的作品編號，大致可看出作品創作的先後），對不是專家的音樂愛好者而言，這種編號沒什麼意義。

但確實有難處，巴哈作品的編號原不好做，第一是他散佚的作品太多，所存之作，甚至也不好分別先後，其次從他作品的風格看，似乎找不到太大時代的差異（貝多芬的作品前後差異很大），不過光是這個編號已說明巴哈作品的繁複多樣又數量驚人（貝多芬作品的正式編號只有135號）。巴哈在世並不得意，同世的音樂家，他比不上泰雷曼有名，足跡也好像沒出過德國，在德國也不是那麼受重視（巴哈生前正式出版的樂譜還不到一打），不像韓德爾到了英國，受到英國上下的熱烈歡迎，成了王室的貴賓。再加上巴哈前後兩次婚姻，夫人們幫他生了二十個子女（後來保住了十個），可見家累極重，食指浩繁，巴哈的創作，絕大部分為了養家活口的目的而作，但從今天看來，他確實是一個少見的天才，在亂糟糟的環境中，竟然

冬夜繁星

能創造出那樣數量龐大又精采絕倫的成品來。

　　巴哈最高的成就是把複調音樂（Polyphony）的特性發揮出來，他把音樂從比較原始的狀態拉拔出來，讓音樂更為繁複多彩的為多人所用，成為文化藝術中極重要的一環，說他是音樂之父當然有些不適合，因為即使在歐洲，音樂也不起源於他，但不論他在音樂形式與內容上的貢獻，說他是西方音樂發展史上最不可或缺的人物，就不以為過了。

　　所謂複調音樂即多個聲音，指幾個同時發聲的人聲或器樂聲部依對位性結合在一起的音樂，與單聲部音樂與主調音樂（一個聲部是旋律，其他聲部是伴奏）不同。

　　複調音樂有三個形式，其一是對位曲，即按照嚴格的對位法來寫作的一種音樂形式。其次是卡農（canon），是一種對位模仿的最嚴格形式，同一個聲部的旋律，放在不同位置與原聲部組成一種和諧音樂，輪唱曲（catch）就是例子，是最簡單卡農。最後一個是賦格（fugue），嚴格說來是一種比較麻煩的卡農曲，是一種用多個聲部相互應答陪襯的方式來寫作的一種複調音樂。有一個主旋律，隨即有一個模仿的聲部加入，形成了音樂的主題，此後各聲部不斷加入一些新的插句（episode），把音樂弄得更熱鬧，這種作曲方式叫作賦格。

　　複調音樂並不是巴哈首創，但在巴哈之前，運用還不成熟，直到巴哈，才大量依據這種方式寫音樂，巴哈除了讓音樂表現聲音之美之外，還讓音樂充滿了幾何性與邏輯性，具有數學上線條與對稱性的美感。

因此巴哈的音樂不見得一定要乞憐於靈感，他的方法是憑藉著一段樂思，然後加以推演鋪敘發展而成一個大場面的音樂，用的是比較接近數學演繹推算的方式。也可以遊戲的方式來看他的作品，他的音樂有點像堆積木，積木越堆越高，有一端要倒了，就在這一端再加幾塊來維持平衡，這樣多次重疊上去，把積木堆成一個漂亮的城堡。巴哈音樂缺少不了「組合」，原來他在玩平衡的遊戲。因為多方面的組合，巴哈建的城堡絕對是立體的，不像主調音樂如同一張紙般，他的器樂曲尤其是鍵盤音樂（包括管風琴與大鍵琴作品）大多是這樣。

　　因為不乞憐靈感，所以他的作品幾乎隨時可寫，可以很多很多，這一點很像蘇東坡，蘇東坡說：「吾文如萬斛泉源，不擇地皆可出。」不過蘇東坡不是用數學的方式寫文章，他憑藉靈感的部分還是多了些。巴哈所創造的音樂，數量多到他自己也不見得記得住，他現存的兩百多套康塔塔中有不少重複出現的段落與句子，除康塔塔外，有些聲樂的旋律也在器樂曲中出現，有的是有意，大部分是無意，我想是連他自己也忘了。聽到這部分也不要太苛責，我們一生言談，不是也常常在重複一些話題嗎，哪可能全是新的呢？

　　以上是指巴哈音樂的「音樂部分」，宗教音樂因為要「宣教」，有教義與故事在其中，不為上面理論所限制，至於「音樂部分」，巴哈竭力追求純粹，這可由他為樂器演奏的音樂看出來。巴哈的音樂，不像中期之後的貝多芬，更不像白遼士、李斯特或華格納，在他們音樂之中容納太多音樂之外的材料，

冬夜繁星

包括大量哲學，把音樂弄得過分載道，或者「微言大義」起來。所謂「純粹音樂」，我以為是同屬神學家、音樂家與醫師的史懷哲（Albert Schweitzer, 1875-1965）說得最好，他說：

> 純粹音樂排除了所有詩意與描述性的元素，唯一意圖是要創造美好和諧的聲音以臻於絕對的完美。

巴哈也可說是一個詩人，但不是文字詩人而是音樂詩人，他的主要目標是藉由音樂描繪圖像，但他的「詩境」是靠音樂來展現，也必須靠音樂才能進入，與文字形成的當然不同。

現在我想談談幾種巴哈的器樂曲，都是目前音樂「市場」很熱門的曲目。巴哈音樂好像頗受一般古典音樂者的喜好，不論是德、奧樂派，或喜歡法國、西班牙、東歐，包括俄羅斯音樂的人，對巴哈至少都不拒絕排斥，有的還大表歡迎，表示自己的音樂是來自巴哈。有人以為是巴哈建立了西方古典樂的規模，這個說法值得肯定，但巴哈建立的規模並不森嚴，他只不過向人展示以音樂做遊戲的多方可能罷了。

首先要談的是他寫的大提琴組曲。這「組」音樂被二十世紀後半葉的音樂界「吵」得很紅，當然跟輩出的大提琴家爭相演奏有關，但要曉得這套被喻為大提琴曲中的《舊約聖經》的曲目（喻為《新約聖經》的是貝多芬為大提琴與鋼琴所寫的五首奏鳴曲），在二十世紀之前不但沒人演奏，並且幾乎沒人知道有它存在，是西班牙大提琴家卡薩爾斯（Pablo Casals, 1876-

1973）少年時在書肆無意間發現，後來用了十多年工夫研究整理，終於公開，一經發表就聲驚四座，很快就造成流行，不但成了大提琴曲名曲，也成了所有大提琴家演奏的試金石。卡薩爾斯之後，一個沒為這套組曲錄過音的大提琴家，簡直讓人懷疑他是有地位的大提琴家。

卡薩爾斯發現的這整大套組曲，是由六個分開的組曲組合而成。在卡薩爾斯之前，並不能說這套組曲完全遺失，孟德爾頌就知道有這套曲子，之後也斷斷續續有大提琴家用過，但只把它當作大提琴的練習曲使用，並不視為演奏會重要曲目。卡薩爾斯發現的稿本不是巴哈的手跡，而是巴哈第二任夫人所手抄，譜上一些零亂的注記，應該是後來演奏過的人所加，由於其中有第五弦的注記，推斷巴哈當年寫這曲子或為古大提琴或現代大提琴前身五弦大提琴所作。

說起這件事必須先談一談大提琴的發展歷史。在巴哈之前，有一種名叫Viola da gamba的大型低音弦樂樂器，形狀跟小提琴、中提琴很像，但不同的是有六根弦，通常用在獨奏與伴奏上，到巴哈時代，已經有改良的現代四弦的大提琴了，而從da gamba改良到現代大提琴之間，又出現了一種五弦大提琴，可以視為現代四弦大提琴的最親的近親。

巴哈所寫的這六組組曲，到底是為四弦或五弦所作，甚至為da gamba所作，現在並無定論，但巴哈時代，這三種款式的低音弦樂器都存在則是事實，他曾為da gamba寫過三首由大鍵琴伴奏的奏鳴曲（Viola da gamba Sonatas, BWV1027-1029），

冬夜繁星

第三號的《布蘭登堡協奏曲》規定須有三把大提琴，但一些強調古典的樂團，往往把其中的一把或兩把改成da gamba來演出。為什麼要從da gamba改成現代大提琴呢，主要是從巴哈之後音樂變得逐漸繁複，其中需要一種能發出大音量的低音樂器，da gamba因為是六弦，拉觸其中一弦時很容易碰到左右他弦，所以演奏時不能太用力（這可從演出者持弓的方式看出，da gamba的持弓方式是手在弓的內側，與大提琴手在外側

da gamba

不同），改成四弦之後，弦與弦之間的空間增加了，「弓法」也自由多變化了些，音量也隨即增加許多。

這牽涉到樂器史的問題，此處不詳談。卡薩爾斯整理的樂譜，是以現代四弦大提琴為對象，經他演出及推廣之後，這套組曲成了古典音樂極受人注視的曲目。我們知道巴哈的大部分音樂創作，是以宗教上使用的為主，但他在科騰（Cöthen）時期（1717-1723）有一段宗教責任之外的「空檔」，寫了不少被稱作「俗曲」的作品，六首為大提琴獨奏的組曲，六首為小提琴獨奏的組曲，以及布蘭登堡協奏曲，還有為鍵盤樂器（以大

最驚人的奇蹟

鍵琴為主要對象）的十二平均律第一冊都是當時之作。這些作品在當時都有點遊戲的性質，連他自己也不是很在意，但到了二十世紀之後，都成了大家仰慕的對象、古典樂上有奠基作用的作品了。

從這六套大提琴組曲其實都是有幾個快慢不一的舞曲組成，就大致知道它遊戲的性質。譬如第一組曲（G大調BWV1007）是由以下六個部分組成：

1. 前奏曲（Prélude）
2. 阿勒曼舞曲（Allemande）
3. 庫朗舞曲（Courande）
4. 薩拉邦德舞曲（Sarabande）
5. 小步舞曲（Menuett）
6. 吉格舞曲（Gigue）

這種組成方式在後面的五組中都遵行不逾，只有第五組曲的小步舞曲稍有更動，第一與第二組曲（D小調BWV1008）都是採用小步舞曲，第三（C大調BWV1009）、第四組曲（降E大調BWV1010）用的是布列舞曲（Bourée），第五（C小調BWV1011）、第六組曲（D大調BWV1012）用的是嘉禾舞曲（Gavotte），雖然如此，但也都是舞曲。這種由幾個舞曲組成的樂曲形式，在巴哈之前與在巴哈的同時都很流行，並不是巴哈的首創，但巴哈讓這種音樂上的充滿歡愉景象、又有點不

冬夜繁星

很正經的聲音「大雜燴」，成了古典音樂的經典。這點有些像中國的《詩經》，其中的「國風」豈不都是各地的民間小曲與歌謠嗎？「國風」中的詩有些通俗得厲害，卻並不妨它成了中國歷史上最重要的經典。

要聽這套組曲，對我們二十世紀下半葉之後一直到現在的人而言，真是有耳福了，因為各家都有很好的錄音。巴哈的這六組為大提琴所寫的組曲，在技巧上並不是很困難，但因為是六組，每組又各有六首性質不同的舞曲，集合三十六首體制規模都不很相同的曲子，編制成一個整體，要一口氣的將之全部演出，老實說需要一定的功力與體力，也不是所有人都能勝任的。要將全曲演奏得天衣無縫，當然困難重重，極有名的例子是大提琴家羅斯卓波維奇所演出的名曲無數，但直到晚年才敢錄製巴哈的全套組曲（EMI），但成效仍不甚令人滿意，由此可證。

為了感戴有功於這六組組曲從「蒙塵」而大白天下，卡薩爾斯的演出版本成為聆賞者不可或缺的唱片（EMI），雖然這是早期單聲道錄音，但卡薩爾斯演奏出的力度與幅度仍極有可觀。其他值得推薦的很多，傅尼葉（Pierre Fournier, 1906-1986）的（Archiv）與史塔克（János Starker, 1924-）的（Mercury）兩個版本是必定要提起的，大致而言，傅尼葉的版本沉穩莊重，有一種融合了好幾層貴族氣息的高雅，而史塔克的錄音卻有較多的個人風格，他觸弦有特殊的力道，強弱對比大些，唱片空間感也較好，讓人體會在遊戲式的舞曲之中，

最驚人的奇蹟

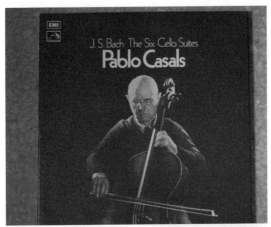

上：卡薩爾斯的巴哈六首無伴奏大提琴組曲LP本。卡薩爾斯的錄
　　音，可以說是這個組曲「原始天尊」。
下：傅尼葉演奏的LP本。

也可以表現一種負氣或倔強的個性似的，我個人很喜歡這張唱片，原因是它比較更有個性。

當然馬友友的版本（Sony）也有動人之處，但可能太求表現、太求突破，有幾個部分反而顯得含糊了，托特利爾（Paul Tortelier, 1914-1990）（EMI）、麥斯基（Mischa Maisky, 1948-）（DG）與默克（Truls Mørk, 1961-）的演奏版本（Virgin）也很有地位，可以參酌。另外大提琴家帕卡冕契可夫（Boris Pergamenschikow）演出的版本（Hänssler）很特殊，無論輕重快慢以及觸弦的方式都與我們聽慣的不同，顯得特殊，聽這唱片，可以明白巴哈音樂的「多變性」。

既談起大提琴組曲，就不得不談一下巴哈為小提琴獨奏所寫的六首奏鳴曲與組曲（Sonatenund Partiten für Violine solo, BWV1001-BWV1006）了，這組作品十分有名。巴哈的小提琴曲並不少，還另有六首為小提琴與大鍵琴所寫的奏鳴曲，也有兩首小提琴協奏曲與一首雙小提琴協奏曲，在古典樂迷中，應該都是很熟的曲目，不過我們略過這些曲子，只談這一套組曲。這六首組成一套的大規模曲子，組織的方式與大提琴曲不很相同，就是一、三、五用的是奏鳴曲，而二、四、六用的是組曲，三首奏鳴曲都各分四段，也就是一般奏鳴曲的形式，但三首組曲的變化便多些了，如 B 小調第一號組曲（BWV1002），全組分成八個部分，共用了四個舞曲，並加上該舞曲的「二段體」（Double），有的「二段體」是變奏，有的是斷奏，有的是複音，把小提琴的各式技巧淋漓盡致的表現

最驚人的奇蹟

米爾斯坦演奏的巴哈為小提琴所寫的奏鳴曲與組曲。

出來。這套曲子同樣完成在科騰，它在音樂史上也有極崇高的地位，也有小提琴樂曲的《舊約》之稱（同樣被稱為《新約》的是貝多芬的十首小提琴奏鳴曲），也是小提琴樂手技巧與內涵的試金石。

　　小提琴跟大提琴比要早成熟多了，巴哈之前，小提琴已發展成現在的樣子，比巴哈同時略早的義大利作曲家維瓦第（Antonio Vivaldi, 1678-1741）就為小提琴寫了很多有名的曲子，再加上小提琴是高音主奏樂器，歷來演奏小提琴知名的樂手不乏其人，所以演奏巴哈的無伴奏小提琴奏鳴曲與組曲的名家很多，海飛茲（Jascha Heifetz, 1899-1987）、曼紐因（Yuhudi Menuhin, 1916-1997）、謝霖（Henryk Szeryng, 1918-1988）與格魯米奧（Arthur Grumiaux,1921-1986）都有知名的錄音。在眾多錄音版本中，帕爾曼（Itzhac Perlman, 1945- ）與米爾斯坦（Nathan Milstein, 1903-1992）所錄兩種很值得推薦。先說帕爾曼的（EMI），這兩張唱片演奏較慢，能夠把巴哈作品的層次感表現出來，技巧也好，雖投入極高的專注力，卻無任何賣弄之處。至於說到米爾斯坦兩張（DG），我認為更能把握巴哈原創的精神，米爾斯坦比帕爾曼要老很多，1975年錄此唱片時已七十餘歲，卻顯得寶刀未老，張力十足，該平實之處平實，該絢爛之處絢爛，對稱與安穩，可以置之久遠，絕無落伍之虞。上面兩種唱片都錄得很好，值得珍藏。

最驚人的奇蹟

9 巴哈的鍵盤「俗曲」

要談談巴哈為鍵盤樂器所寫的「俗曲」。在巴哈時代所謂鍵盤樂器只有管風琴與大鍵琴。管風琴是極為昂貴的樂器，一般只有大型教堂才有裝置，所以為管風琴所寫的曲子，多數為宗教用途的宗教音樂，如不是為宗教所用，管風琴曲通常也要優美而莊重，因為只有在教堂才能演出。大鍵琴（harpsichord）又譯作羽鍵琴或羽管鍵琴，從字首harp（豎琴）可以看出是從手撥弦樂器豎琴演化出來的，大致上將豎琴平放，加上鍵盤聯結機件撥弦（撥弦的是禽鳥的羽管），但這種樂器在音色對比及強弱的表現上，幾乎無法做太大的變化，到了後世鋼琴發明，就完全取代了它的地位。

但巴哈時代還沒有鋼琴，今天巴哈的所有鋼琴作品，其實都是為大鍵琴所作。由於如前說大鍵琴在音色與強弱上沒有太多變化，巴哈在這些鍵盤樂曲上就沒有注明其強弱，連速度的

解釋，也可以自憑想像，所以這些曲子以當代鋼琴演出時，演奏家的個人詮釋就可以有很大的差異。我們常以為演出浪漫派的樂曲，各人風格是很重要的因素，其實巴哈的音樂，尤其是鍵盤樂器作品，所顯示的個人風格更大，有的甚至有極大的不同。

巴哈為大鍵琴單獨演奏所寫的曲子很多，現在尚留存重要的有：

四首二重奏（*Vier Duette* BWV802-805）

十五首二聲部創意曲（*Zweistimmuge Inventionen* BWV772a-786）

十五首三聲部創意曲（*Dreistimmige Inventionen* BWV787-801）

六首英國組曲（*Englische Suiten* BWV806-811）

六首法國組曲（*Französische Suiten* BWV812-817）

義大利協奏曲（*Italienisches Konzert* BWV971）

六首古組曲（*Die Partiten* BWV825-830）

半音幻想曲與賦格（*Chromastische Fantasis und Fuge* BWV903）

郭德堡變奏曲（*Die Goldberg-Variationen* BWV988）

二十四首鋼琴平均律第一冊（*Das wohltemperierte Clavier, erster Teil* BWV846-869）

二十四首鋼琴平均律第二冊（*Das wohltemperierte Clavier,*

冬夜繁星

zweiter Teil BWV870-893）

以上所舉，在鍵盤音樂史上，都是不可或缺的重要作品，巴哈的這類作品應該更多，但他生時死後的名聲都不算大，這類的鍵盤作品又大多為即興遊戲之作，作後沒有刻意保存，更談不上出版發行，所以很多作品都遺失了。像傳說他有名的《郭德堡變奏曲》是為學生郭德堡所寫，

大鍵琴

而演奏的目的在治療俄羅斯駐薩克森公國大使失眠所用，這種傳言不見得正確，但卻證明巴哈的許多作品，不見得是正經八百的寫作出來的。巴哈死後，其價值漸受肯定，莫札特與貝多芬對他都很推崇，貝多芬在波昂時期曾練過一陣他的四十八首前奏與賦格（即十二平均律），但他說當時練習樂譜是手抄本，並不是印刷本。

但如純用遊戲的態度來看巴哈的鍵盤樂作品也不對，巴哈即使在遊戲之間、在極不經意的環境下，卻也沒忘記音樂岸偉的結構，使很簡單的樂音，橫橫豎豎的堆疊起來，成一座森嚴又壯麗的大廈，令人無法小覷。

他的《郭德堡變奏曲》的原名是「有各種變奏的詠嘆調」（Ariamit Verschiedenen Veränderungen），是一個詠嘆調（aria）為主題，加上三十個變奏（variatio），最後又回到起

巴哈的鍵盤「俗曲」

初的詠嘆調主題，成了一個組織龐大、結構謹嚴的大型演奏曲。這首變奏曲巴哈原為有兩層鍵盤的大鍵琴而作，由大鍵琴演奏，更容易看出不同音色的比較、上下模仿對位以及「卡農」等等技法，在鋼琴上就看不太出了，不過鋼琴豐富的音色再加上強弱幅度極廣的特性，也能補大鍵琴之不足，這個作品，在錄音上有大鍵琴與鋼琴兩種不同的版本。

其次談巴哈的《平均律》，所謂「平均律」在德文是wohltemperierte，在英文是well-tempered，指的是由好的調律法所調出來的「好律」，「十二平均律」是借用中國早已有的調律名詞。要知道所有弦樂器都需要調律，以使音律準確，以現代鋼琴為例，從中央C升八度到高音C，其中有七個白鍵與五個黑鍵，總共有十二個音，每一個音為起音，都可形成不同的調，共有十二個調，巴哈之前受限於工具與知識，在所用的大鍵琴上，所調的律偶有不準之處，尤其在變音記號較多的律為甚，所以遇到轉調，必須換一台琴，或者將琴弦重新調過。巴哈（或者巴哈時代）發明了一種可以準確用在大鍵琴的調音方法，把每個調子中的十二個音的間隔調得完全一樣，這樣遇到轉調就無須換琴，更無須重新調弦，方便多了，巴哈特別為用這種方式調了律的大鍵琴前後寫下各二十四首的「前奏與賦格」，取名《鋼琴平均律》（巴哈時代鋼琴Clavier或Klavier指的是大鍵琴）。

二十四首前奏與賦格分別是：

冬夜繁星

C大調

C小調

升C大調

升C小調

D大調

D小調

降E大調

降E小調

E大調

E小調

F大調

F小調

升F大調

升F小調

G大調

G小調

降A大調

升G小調

A大調

A小調

降B大調

降B小調

B大調

巴哈的鍵盤「俗曲」

B小調

　　第一冊二十四首前奏與賦格寫於科騰時期，第二冊寫於萊比錫（1723-1750），前後面貌精神完全統一，幾乎看不出時代的變貌。古典時期作曲家的創作，所服膺的往往是結構與原則，很少把個人的情緒帶進藝術之中，這也有個好處，即是藝術的可大可久，不會因為個人的感受好惡而影響欣賞。但巴哈在第一冊的扉頁有題詞說：「這本集子使用一切全音與半音的調，和有關三大度、三小度做成的前奏曲與賦格曲，這不僅能給熱心學習音樂的年輕人提供一個機會，也能使熟悉此類技巧的人從中得到樂趣。」巴哈寫的這席話，似乎有意將這套曲子做為「年輕人」練習鍵盤樂器時使用，這使得莫札特、貝多芬也都將此曲當成練習曲，直到李斯特女婿也是理查・史特勞斯的老師鋼琴家彪羅（Hans Freiherr von Bülow, 1830-1894）稱這上下兩冊四十八首為鋼琴曲中的《舊約聖經》之後（在這前後，巴哈的好幾部不同器樂曲都得此稱號），這套曲子就深受音樂家的肯定，二十世紀之後，很多偉大鋼琴家都留下錄音，這套規模嚴謹又變化莫測的鋼琴曲，成了音樂欣賞者不可或缺的唱片。

　　前面說過巴哈的鋼琴曲其實都是為大鍵琴所作，所以這些曲目的唱片多分大鍵琴與鋼琴兩種版本。《郭德堡變奏曲》的大鍵琴版本有蘭多夫斯卡（Wanda Landowska, 1879-1959）本（BMG/RCA）、平諾克（Trevor Pinnock, 1946-）本

冬夜繁星

（Archiv）、萊昂哈特（Gustav Leonhardt, 1928-）本（Teldec）與杜雷克（Rosalyn Tureck, 1914-2003）本（Troy）等。至於《鋼琴平均律》的大鍵琴版，萊昂哈特與杜雷克都有，而且在其間很有地位，但都錄音較早，品質不是很好，這幾年日本巴哈專家鈴木雅明也有大鍵琴演出版本（BIS）面世，頗引人注目。

另有一種演出版本是用了巴哈時代的各式鍵盤樂器來演出，如鍵盤樂家列文（Robert Levin）在演出時就用了Cembalo、Clavichord、Fortepiano、Orgel、 Harpsichord、Organ等的樂器（Hänssler），是一種嘗試回到巴哈時代現實的做法，但不斷調換樂器，把原本統一的作品弄得有些瑣碎，也不見得是巴哈時代的「現況」，因為既用十二平均律來調音，換調也無須換樂器的了。

談到這兩套曲子的鋼琴演奏版本就有得談了，不要說演奏這兩套曲子的「大師」級演奏家太多了，而且如「人紅是非多」一樣，還引起不少波瀾、不少爭議來。先說《郭德堡變奏曲》，這曲子在二十世紀2、30年代之前，幾乎很少聽人談起，是個鋼琴曲中的「冷貨」，在我記憶中是杜雷克在上世紀30年代把這首曲子改成鋼琴演奏，獲得很好的名聲，從此這曲子就受人注意，鋼琴版就不斷有人推出。到1955年，一位加拿大不是很有名的鋼琴家顧爾德（Glenn Gould, 1932-1982）把這首曲子錄了一遍，想不到造成轟動，後來他又把這曲子錄了兩遍，每次都有不同的詮釋，形成鋼琴音樂中的「郭德堡變奏曲風暴」。這場風暴把顧爾德在音樂界的地位提高到萬人迷的偶

右上：席夫的巴哈鋼琴全集。
左上：中國旅法鋼琴家朱曉梅題贈作者的巴哈
　　　十二平均律上冊CD。
左下，李希特所彈的十二平均律的法國Harmonia
　　　Mundi本。

左頁圖上：顧爾德演奏巴哈十二平均律的LP，後
　　　　　來也出了CD版本。
左頁圖下：有關顧爾德所彈的巴哈作品CD。

像程度，但也可能造成了一些不幸，顧爾德不斷躲避他自己招集過來的「粉絲」，益陷孤獨，1981年在錄完最後一個版本一年後，以五十歲英年得心臟病而死。

　　但細聽顧爾德的詮釋版本，也不得不由衷感佩，他在其中容下了太多的自我風格。這也得感謝巴哈，他的音樂表現空間太大，不但由你馳騁無限，還容許你用不同的方式來馳騁（巴哈的鍵盤作品往往不注強弱快慢，演奏者比較自由），換成貝多芬、蕭邦或布拉姆斯的作品，就無法這樣。不僅如此，顧爾德演奏這套作品還追求自我突破，以他第一次與最後一次所錄的《郭德堡變奏曲》來看，第一次所錄全曲用了三十八分鐘，最後一次所錄卻有五十一分鐘，相差夠大，可見他對這套曲子的看法與意見，前後十分不同，但「橫看成嶺側成峰」，只有巴哈的音樂才有這種景象。

　　除了《郭德堡變奏曲》，顧爾德在《平均律》上也有同樣傑出的表現，同樣是快慢隨興的充滿自我風格，唱片一出，如同洛陽紙貴，造成音樂界的一陣風潮，而且經久不衰。這點也很奇怪，顧爾德其實錄了不少貝多芬與荀白克的曲子，不但未形成風靡，而且反映冷淡，只有他所彈巴哈，幾乎每張都暢銷，這有好處，就是對巴哈在二十世紀的古典音樂熱潮，有推波助瀾的功效，但也有壞處，欣賞者常以顧爾德對比強烈的詮釋為主，對其他方式的演出，多表排斥，正好像吃過辣椒之後，再吃其他食物，都覺淡而無味了。

　　顧爾德的幾次錄音搶盡鋒頭，不代表巴哈在鍵盤音樂的表

冬夜繁星

現僅在於此，巴哈音樂中嚴謹的秩序、對稱與和諧，往往要從別的錄音中尋找，舉例而言，杜雷克與肯普夫的《郭德堡變奏曲》顯得中正和平，李希特（Sviatoslav Richter, 1915-1997）與席夫（András Schiff, 1953-）的《平均律》，均衡平穩，他們的表現，雖然也許不夠鋒利，卻可能是巴哈音樂的「真相」，欣賞者於此，不得不注意。

另外中國旅法鋼琴家朱曉玫女士的這兩種曲目錄音（Mirare），最近蜚聲歐洲，在國際上也形成影響。我覺得她彈的《郭德堡變奏曲》確實好，舉手投足，都有大師風範，其中強烈的自我意識，配合著巴哈藝術的底蘊，也就是那種莊嚴的秩序感，都表現得淋漓盡致，我以中國有這麼好的演奏家覺得自豪。她的《平均律》也彈得很好，但因為這兩套曲子實在太長，需要更強而一貫的生命力才能首尾如一，我預期她不久會有更好的新錄音出現。

10 巴哈的宗教音樂

　　巴哈的音樂其實以宗教的歌詠為主。器樂曲中的管風琴，也多用於教堂，一般也有宗教上的功能，通常用於宗教儀式進行之前或之間，以寧靜人心之用。但器樂曲取沒有歌詞，只能製造宗教「氣氛」，卻沒有宣示教義的積極作用，所以在討論宗教音樂的時候，不太常把器樂曲包括進來，只談有人聲的音樂。

　　巴哈的宗教音樂包含了大量的康塔塔，還有幾個規模龐大的受難曲與彌撒曲，這些作品，其實是巴哈音樂的主體部分，要談巴哈的宗教音樂，得先從他的康塔塔談起。

　　康塔塔（Cantata）這名詞是從義大利文來的，在十七世紀之前，是指一種單聲部唱的有戲劇性的牧歌，通常用魯特琴伴奏（一種背圓撥弦如吉他的樂器），流行於十七世紀的義大利，有的康塔塔由宣敘調組成，有的則是一連串的詠嘆調，常

分幾個聲部演唱。這個原本來自民間的演唱方式後來走進宗教，變成教堂表演《聖經》故事，歌詠聖詩的演唱方式，穿插於彌撒禮拜之間。最早有影響力的作曲家義大利人卡里西米（Giacomo Carissimi, 1605-1674），是他把世俗的康塔塔引入教堂，而另一個義大利人也是那不勒斯樂派的創始人斯卡拉第（Alessandro Scarlatti, 1660-1725），他大量創作這類的作品，平生所作宗教康塔塔共有六百餘首，對於宗教康塔塔貢獻最大。

很多人把宗教上的康塔塔與「清唱劇」相混，早期也有人把康塔塔直接翻譯成清唱劇。其實也不算錯，清唱劇（Oratorio）在巴哈之前，是指由好幾個康塔塔組合而成的，又比較大型的教堂演唱音樂，宗教上的清唱劇同樣由《聖經》改編或直接選用聖詩聖詠構成，譬如巴哈的《聖誕節清唱劇》（*Weihnacht Oratoium* BWV284），是共由六個不同的康塔塔組成的，內容都是敘述與歌頌耶穌的誕生，分別安排在聖誕節之後與新年之後的三天演出，還有他的《復活節清唱劇》（*Oster Oratorium* BWV249）也都類此。

我們現在所聽到的康塔塔與清唱劇，大多是與基督教禮拜有關，其實康塔塔來自民間，在巴哈的時代，還有不少「世俗」的康塔塔在民間流行，就連巴哈本人都也寫過《咖啡康塔塔》（BWV211）與《農民康塔塔》（BWV212）等，其間穿插著不太正經的玩笑嘲謔，並不是很「神聖」的。跟康塔塔一樣，清唱劇也有非教堂的，與巴哈同時的韓德爾與近代的史特

冬夜繁星

舒讀網「碼」上看

235-53
新北市中和區建一路249號8樓
印刻文學生活雜誌出版有限公司　收
讀者服務部

姓名：＿＿＿＿＿＿＿＿＿＿　　性別：□男　□女

郵遞區號：＿＿＿＿＿＿＿＿

地址：＿＿＿＿＿＿＿＿＿＿

電話：（日）＿＿＿＿＿＿　（夜）＿＿＿＿＿＿

傳真：＿＿＿＿＿＿＿＿＿＿

e-mail：＿＿＿＿＿＿＿＿＿＿

INK

讀者服務卡

您買的書是：＿＿＿＿＿＿＿＿＿＿＿＿＿＿＿＿＿＿＿＿＿＿

生日：　　　年　　　月　　　日

學歷：□國中　　□高中　　□大專　　□研究所（含以上）

職業：□學生　　□軍警公教 □服務業

　　　□工　　　□商　　　□大眾傳播

　　　□SOHO族　　　　　□學生　　□其他＿＿＿＿＿＿＿＿＿

購書方式：□門市＿＿＿＿ 書店 □網路書店 □親友贈送 □其他＿＿＿＿

購書原因：□題材吸引　□價格實在　□力挺作者　□設計新穎

　　　　　□就愛印刻　□其他＿＿＿＿＿＿＿＿＿＿（可複選）

購買日期：＿＿＿＿＿年＿＿＿＿＿月＿＿＿＿＿日

你從哪裡得知本書：□書店　□報紙　　□雜誌　□網路　□親友介紹

　　　　　　　　　□DM傳單　□廣播　□電視　　□其他

你對本書的評價：（請填代號　1.非常滿意　2.滿意　3.普通　4.不滿意）

　　　　　　　書名＿＿＿　內容＿＿＿封面設計＿＿＿＿版面設計＿＿＿＿

讀完本書後您覺得：

1.□非常喜歡　2.□喜歡　3.□普通　4.□不喜歡　5.□非常不喜歡

您對於本書建議：

感謝您的惠顧，為了提供更好的服務，請填妥各欄資料，將讀者服務卡直接寄回或
傳真本社，我們將隨時提供最新的出版、活動等相關訊息。
讀者服務專線：(02) 2228-1626　讀者傳真專線：(02) 2228-1598

拉文斯基都有非教堂性質的清唱劇，這裡不詳舉。

　　巴哈一生寫過的康塔塔可以說是「不計其數」，有相當大的一部分已亡佚了，依據現代的音樂史家研究，巴哈可能創作了三百餘首的康塔塔，而現在尚「存」的還有兩百多首，與巴哈同時的另一作曲家泰雷曼（Georg Philipp Telemann, 1681-1767）所作更多，但傳下來的並不多，他們那個時代，作曲家多數由教堂或教會「供養」，為教堂作曲是義務，所以他們的大部分作品是宗教音樂。依據史密德爾（Wolfgang Schmieder, 1901-1990）1950年編的巴哈作品編號（也就是平常在巴哈作品後加注的BWV號碼），巴哈現存的康塔塔共有兩百一十五首（包括世俗康塔塔），光是這數目就可以說是卷帙浩繁了，把它們錄成一片六十分鐘以上的唱片，要錄六十多張。（Helmuth Rilling領導的Bach-Collegium Stuttgart樂團演出的巴哈康塔塔全集就有六十八張之多。）

　　巴哈為宗教寫的康塔塔，全是為了教堂的各項不同的禮拜而作，在巴哈時代，宗教活動是人們最主要的心靈活動，這個活動比起人們的其他生活顯得還要重要。一個大型的宗教活動必須保持詳細甚至繁瑣的儀式，儀式需要各種音樂，宗教音樂應運而生，這與中國古代講究「禮樂一體」是一樣的。

　　過於繁複的儀式，往往使得在心靈上的探求顯得空洞，這是馬丁路德一派新教反對舊教的理由之一。不料馬丁路德的宗教改革雖然在部分地區是成功了，而新的基督教依然沒法完全擺脫以往儀式性的束縛，而且還增加了一些新的儀式。巴哈信

巴哈的宗教音樂

仰的是路德派的新教，他一生的最後二十七年都住在萊比錫，擔任萊比錫聖托馬斯教堂的管風琴師與樂長，他大部分的宗教音樂，包括一部分管風琴作品，以及受難曲、眾贊歌（Choral）、宗教清唱劇與康塔塔都是這個時期為這個教堂所作。

巴哈的康塔塔下面通常會標示該曲適合演出的日子，通常該曲也是為這日子而作，譬如BWV70標明是為「三一節」過後第二十六個星期日禮拜所用。「三一節」（Trinity），又譯作「三位一體節」、「三一主日」，指復活節五十日後的星期日，對路德會而言，三一節是與聖誕節一樣重要的節日。BWV130則標明是為聖麥可日（St. Michael's Day，每年九月二十九日）。而作著名的 BWV140的康塔塔，則注明了是三一節後第二十七個星期日禮拜使用。其餘作品，莫不如此，既然有這樣的規定，當然須按照規矩定時演出，不可任意錯置，可以知道雖然到了新教，他們的禮拜及儀式仍然細瑣而嚴格。

以著名的 BWV140為例，這首原標明是「三一節之後第二十七星期日的康塔塔」，題名《醒來，那個聲音在叫喚我們》（Wachet auf, ruft uns die Stimme）是這首康塔塔的首句，題目應該是後人所加，而其中故事是從《聖經·馬太福音》而來。《馬太福音》第二十五章的第一到第十三小節敘述了一個姑娘被派往迎接婚禮新郎的故事，《聖經》原文如下：

那時，天國好比十個童女，拿著燈，出去迎接新郎。

冬夜繁星

124

其中五個是愚拙的，五個是聰明的。愚拙的拿著燈，卻不豫備油，聰明的拿著燈，又豫備油在器皿裡。新郎遲延的時候，他們都打盹睡著了。半夜有人喊著說，新郎來了，你們出來迎接他。那些童女都起來收拾燈。愚拙的對聰明的說，請分點油給我們，因為我們的燈要滅了。聰明的回答說，恐怕不彀你我用的，不如你們自己到賣油的那裡去買罷。他們去買的時候，新郎到了，那豫備好了的，同他進去坐席，門就關了。其餘的童女，隨後也來了，說主阿主阿，給我們開門。他卻回答說，我實在告訴你們，我不認識你們。所以你們要儆醒，因為那日子那時辰，你們不知道。

《馬太福音》的這段文字初讀有點令人費解。《聖經》裡面常用婚禮中的新郎來象徵救世主耶穌，夜裡被派出去迎接新郎的十個童女，代表的是信徒，這十個童女當然都知道誰是新郎，但她們的態度不同，其中有些不把守候迎接的事當成回事，事先沒有周全的準備，（愚拙的拿著燈，卻不豫備油。）而在做事的時候又怠忽職守，（新郎遲延的時候，他們都打盹睡著了。）後來新郎來了，只有那五個有準備又謹慎將事的童女看到了新郎，便被邀請進去，參與了婚禮的盛宴，其他五個不專心的童女，只得被關在門外。話裡的進門與否看得出來是得救與否的比喻，問題在五個被關在門外的童女連聲呼喊主阿主阿，希望主能讓她們進去，她們所呼的主卻毫不顧惜的拒絕

巴哈的宗教音樂

125

了她們，並且冷冷的說：「我實在告訴你們，我不認識你們。」又說：「所以你們要儆醒，因為那日子那時辰，你們不知道。」後面一句，是關鍵語，決定人是否得救的權柄雖掌握在上帝手中，而人自己也有責任的，所以人須隨時保持儆醒，機會一錯失，便找不回了。在仲裁人能否得救的問題上，上帝與耶穌都是嚴格的，有時更是嚴厲的。

耶穌說這個故事後又說了另個主人與幾個僕人的故事，那時他已預知自己在逾越節過後就會被處死，他的追隨者與門徒在此氣氛壓力下，有的顯得茫然，有的顯得信心不足，耶穌不得不要他們隨時看清真理之所在，並選擇生命的正確方向。耶穌為什麼這麼像對待前面五個童女一樣，那麼嚴厲的拒絕人的「求救」呢？這是他認為請求得救的人自己也要盡力，在《馬太福音》的前一章裡，他也反覆的叫自己的門徒要「儆醒」，並且要對他已知而其他人不知的未來有所準備，《馬太福音》第二十四章有段耶穌的話，他說：

> 你們可以從無花果樹學個比方，當樹枝發嫩長葉的時候，你們就知道夏天近了。這樣，你們看見這一切的事，也該知道人子近了，正在門口了。………挪亞的日子怎樣，人子降臨也要怎樣。當洪水以前的日子，人照常喫喝嫁娶，直到挪亞進方舟的那日，不知不覺洪水來了，把他們全部沖去，人子降臨也要這樣。那時，兩個人在田裡，取去一個，撇下一個。兩個女人推磨，取去一個，撇下一

冬夜繁星

個。所以你們要儆醒，因為不知道你們的主是哪一天來
到。家主知道幾更天有賊來，就必儆醒，不容人挖透房
屋，這是你們所知道的。所以你們也要預備，因為你們想
不到的時候，人子就來了。

得救是經過選擇的，硬是有人得不到救贖，耶穌舉的例子
是一貫的。BWV140的首句「醒來，那個聲音在叫喚我們」，
就是在呼應《馬太福音》裡耶穌的話，叫喚我們凡事要先做好
準備，並且隨時保持靈魂的清醒，這一點跟中國經典《尚書》
裡面提出的警告：「人心惟危，道心惟微，惟精惟一，允執厥
中」的含意很相同，是說：「人心是危險的，道心是微弱的，
你一定要精誠專一，選擇又把持你認為是中道的方向。」不過
中國聖賢強調自救，而基督教則強調求主，基督教認為真正災
難來時，自己是絕無方法可救的，必須求主來救，西方人認為
求人同情是示弱的行為，但乞主憐憫上面則是理直氣壯的，而
且是唯一之途，這是中西不同之處，當然這是餘話。

大致上，巴哈的宗教康塔塔都是以上一個樣子，內容則配
合宗教的不同節日，當然也得配合所進行的不同儀式，所作的
歌詠，包括獨唱、合唱，及管弦樂器的合奏。其中主持全局的
通常是管風琴，這跟莫札特之前的義大利式歌劇，引導指揮音
樂進行的往往是大鍵琴（也有譯為羽鍵琴）的很像，所以大鍵
琴的司琴，往往也是歌劇的指揮，而宗教康塔塔的引導指揮往
往是管風琴手（巴哈本人就是聖托馬斯教堂的管風琴手與樂

巴哈的宗教音樂

卡爾‧李希特指揮的巴哈B小調彌撒曲與《馬太受難曲》。李希特的錄音，是巴哈宗教音樂的典範之作。

長）。

　除了卷帙浩繁的康塔塔之外，巴哈還留下幾部很有規模的受難曲如《馬太受難曲》（*Mattheuspassion* BWV244）、《約翰受難曲》（*Johannespassion* BWV245）是依據《新約聖經》〈馬太福音〉、〈約翰福音〉所記耶穌受難經過所譜寫的音樂，其中雖有故事也有人物，但不是用在舞台，而是用在教堂。受難曲都太龐大了，「全本」一次演完至少要兩個多小時到三個小時，自不可能作為教堂儀式之間的陪襯音樂，所以要全本演出，也成了教堂的一種宗教活動了。巴哈除了受難曲之外，還有五首彌撒曲，其中最常被演出的《B小調彌撒曲》（*Missa in B minor,* BWV232）也很長，演完需兩小時以上。巴哈的這些音樂雖取名叫受難曲、彌撒曲，都無法真正用在教堂儀式之間，至少無法在宗教儀式之間全曲依序演出，所以這些宗教樂曲，只能在音樂會上「獨立」演出了，所以到了後來，它們的重要性往往在音樂上了。不過在巴哈的時代，演出這類樂曲的音樂會也通常只能在教堂舉行，因為像這類的音樂管風琴的角色很重，除教堂之外，有管風琴的地方不多。

　巴哈這些為宗教所寫的音樂雖然有實際的「功能」性，很多地方必須遷就宗教儀式的需要，而影響了純音樂的發揮，所以以創作而言不是那麼自由。在巴哈之前，宗教音樂已有很長的歷史，像康塔塔或彌撒曲都不是由他首創，但他有綜合開創新局之功，把宗教音樂帶上一個從沒達到的高明境界，這是談起宗教音樂，令人無法不提起他的緣故。

巴哈的宗教音樂

聖托馬斯教堂祭壇下埋著巴哈的遺骨。

談起巴哈的宗教音樂，無論是康塔塔、清唱劇、受難曲與彌撒曲，都不能或忘一個重要人物，就是卡爾‧李希特。李希特本身是管風琴家、大鍵琴與指揮家，曾在1947-1950年擔任萊比錫聖托馬斯教堂管風琴師，這座教堂的祭壇下埋著巴哈的遺骨，也許因這個緣故，他許下將終生奉獻給巴哈音樂的誓願。儘管他是傑出的管風琴家，曾出過全套巴哈管風琴唱片（Archiv），所成立的慕尼黑巴哈管弦樂團（Münchener Bach-Orchester）與慕尼黑巴哈合唱團（Münchener Bach-Chor）也演出過其他音樂家的宗教作品（譬如韓德爾的《彌賽亞》、莫札特的《安魂曲》），但說起貢獻之大，終敵不過他所錄的巴哈康塔塔與其他幾首巴哈的受難曲、彌撒曲。他大部分的巴哈康塔塔都錄在60年代，最早也有50年代的錄音，一個《約翰受難曲》錄在50年代（幾個受難曲與《B小調彌撒曲》有不同年份的錄音），那時的錄音設備都還不算頂好，但李希特的所有巴哈唱片，都充實而飽滿，把作品中的莊嚴虔誠、寧靜平和的氣氛表現得毫無遺漏，可惜的是

冬夜繁星

李希特在五十五歲就英年早逝了，沒有把巴哈的康塔塔錄完，但光以所錄的而言，算是巴哈聖樂唱片中的翹楚。

另一位值得提起的是英國指揮家賈第納（John Eliot Gardiner, 1943- ），他指揮有名的蒙特維地合唱團（Monteverdi Choir）與好幾個不同的樂團（以法國革命與浪漫交響樂團、英國巴洛克獨奏家樂團The English Baroque Soloists為主）合作演出的許多聖樂，也十分傑出。有關巴哈的重要康塔塔與受難曲、彌撒曲，他也都有唱片，而且製作嚴謹，在唱片界的評價甚高。大致上言，賈地納的唱片（Archiv）也許因為較晚錄音的緣故，「動感」比李希特的要好，和聲聲部都明亮清晰，但以宏博盛大感人肺腑而言，則較遜於李希特。

專研巴哈的音樂家很多，有關巴哈的宗教音樂唱片可以說不勝枚舉，比李希特、賈地納晚出的唱片目前也有獨領風騷的趨勢。舉例而言鈴木雅明（Masaaki Suzuki, 1954- ）領導日本巴哈合奏團（Bach Collegium Japan）出了不少巴哈的唱片（BIS），被《2010年企鵝唱片指引》（*The Penguin Guide to Record Classical Music 2010*）捧為最傑出的巴哈聖樂唱片，不論康塔塔、清唱劇、受難曲與彌撒曲都在極度推薦之列，而一本同樣有名的《2012年古典唱片指引》（*The Gramoghone Classical Music Guide 2012*），也採同樣態度。鈴木的唱片我聽過一部分，覺得錄得很好，尤其有幾首康塔塔，比前面的許多大師所錄都明顯流轉亮麗，但彌撒曲與兩首有名的受難曲，明亮清越，超過舊有，但深度比起李希特的老錄音卻略嫌不

巴哈的宗教音樂

足。

　　另外德國瑞霖（Helmuth Rilling, 1933- ）領導的斯圖加特巴哈合奏團（Bach-Collegium Stuttgart）在2000年所推出172張CD的巴哈大全集（Hänssler），可稱樂壇大事。其中康塔塔號稱最為「完備」，很多作品都可能是唱片史上唯一見到的「孤本」，從此看，整套唱片應有其特殊地位。既號稱全集，除了大宗是康塔塔之外，這套全集也收錄了巴哈其他的聖樂及器樂曲，當然其中有很好的製作（譬如巴哈的管弦樂組曲），但不可否認其中也有一些比較草率的作品。在聖樂曲中，不論樂團與合唱團的人數都稍嫌不足，不容易把巴哈宗教音樂的氣勢撐開，拿同樣的曲目作比較，放在李希特、賈第納的唱片之前，還是差了一截。

　　除了康塔塔之外，巴哈的兩首受難曲與一首彌撒曲，單獨演出的唱片也很多，像卡拉揚、克倫培勒、華爾特、朱里尼、約夫姆等等都有一、二種錄音，有讀還錄得很好，都值得一聽，但數量太多了，這裡就不多作介紹了。

冬夜繁星

11 上主憐憫我們（Kyrie eleison）
──談「安魂曲」

　　「安魂曲」（Requiem）其實是天主教在做喪禮彌撒中所演唱的歌曲，主要在安慰亡魂。由於是用在彌撒之中，所以跟一般「彌撒曲」（Missa）有許多重疊相似的部分，嚴格說來，安魂曲又稱為「悼亡彌撒曲」（Missa pro defunctis），與一般彌撒曲不同的是安魂曲少了彌撒曲中的榮耀經與信經，而增加了「永恆安息」（Requiem aeternam）與「最後審判日」（Dies irae），或加了有關死亡與未來世界的部分的描述，當然都是從基督教教義中來的。

　　Requiem在拉丁文中就是安息的意思，而天主教（也指一般基督信仰）認為人要獲得真正安息，必須要清償一生所犯的罪愆，而人是無法靠自己的力量完成此事的，必須仰仗上主（或可稱為天主、上帝）的憐憫，賜予赦免，所以無論彌撒曲、安魂曲，起首都少不了「求上主憐憫、基督憐憫」（Kyrie eleison、Christe eleison）的字眼。至於安魂曲獨有的「最後審判日」，則是所有亡者必須過的一關，經過最後的審判，才能決定亡者此後到天堂或地獄去，在天堂當然安息主懷，算是真正「安息」了，而墮入地獄就要受永世的折磨，這一點與中國民間信仰中的有關天堂地獄的說法，相當一致呢。

　　不過前述的天堂地獄觀念並不是原始基督教（廣義的基督教，也包括天主教），《舊約》與《新約・四福音書》中於此殊少提及，所以即使有此觀念，也不是十分明確。直到十三世紀義大利的詩人但丁（Dante Alighieri, 1265-1321），他在他的《神曲》（*La Divina Commedia*）中對天堂地獄有不少的描述，天堂地獄的觀念才大為流行，也為當時的基督教所吸收。

　　但基督信仰沒有輪迴之說，更不可有轉世投胎的想法，他們對生命的看法很特殊，認為人的生命儘管是上主所創，但人卻有向善向惡的主導權，人一心向善，自然能夠進入天堂，與上主一起享崇高又美麗的生活，否則判入地獄，就永世災禍了。

　　而在基督信仰中的「善」，跟中國儒家說的善有很大的差異。儒家講的善是自覺的，是不仰仗他人的，這即所謂「道德的自覺」。基督信仰中的善，卻不是光靠自己就行，必須在上主「福祐」之下，這善才可達成，因此基督信仰中的善，還包括了很大一部分就是對上主的真誠與奉獻，你也許終身砥行礪節，清如夷齊，但對上主的信仰不夠忠誠（或者盡力不足），就還是會被判為有罪的。假如犯了這種「罪」（世上犯這罪的

冬夜繁星

太多了），只有深自痛悔，求上主原宥，除此之外，無法可想，因此在安魂曲中，一邊是「最後審判」的嚴重警告，另一邊則又充滿了「上主憐憫、基督憐憫」的祈求語句。就音樂而言，安魂曲表現了基督信仰者對生命的「終極」思想，包含上主是神聖偉大的，人類是卑微渺小的，再加上極強烈的審判警示，多的是光明與黑暗、喜悅與恐懼的對比，使得安魂曲的音樂場域比其他的音樂要大，而且張力十足。

我先以白遼士所作的「安魂曲」為例，來說明一般安魂曲的結構。白遼士的這首作品編號五的《安魂曲》（*Requiem Op.5*）寫於1837年，是應邀為憑弔法國在阿爾及利亞的一場戰爭所陣亡的將士而作，原名叫《紀念亡靈大彌撒曲》（*Grand Messe des Morts*），不過都簡稱《安魂曲》。他在這首龐大的安魂曲中，共安排了十個部分，即：

1. 安息與求主憐憫（Requim et Kyrie）
2. 最後審判（Dies irae）
3. 我是多麼不幸（Quid sum miser）
4. 光榮之王（Rex tremendae）
5. 我尋求（Quaerens me）
6. 哀悼（Lacrymosa）
7. 祭獻之地（Offertorium）
8. 犧牲（Hostias）
9. 聖哉經（Santus）

上主憐憫我們

孟許指揮波士頓交響樂團演出的白遼士《安魂曲》。

10. 羔羊經（Agnus Dei）

光從曲子的組織上，就知道這一首極為龐大的，又充滿宗教意味、天國意識的音樂作品。白遼士為了讓這首曲子增加震撼作用，擴大了樂團的編制，把銅管樂器增為四組，這首曲子的第二部分Dies irae（最後審判，又譯為憤怒之日或末日經），銅管四組此起彼落的奏出一大段音樂與音響的狂潮，可能是音樂史上最驚人的瞬間了，而第九部分Santus（聖哉經）裡六對銅鈸輕擦所發出神祕又幽深的聲音，還有八組定音鼓不時敲出雷鳴的聲響，可以看出白遼士的意圖所在，白遼士可能最在乎的是音樂的表現，而不是那麼在乎這首名字叫「安魂曲」的樂曲是否適合在教堂演出，更不在乎別人批評說，哀悼亡魂得喧鬧成這樣嗎？

白遼士雖出身天主教，但對宗教的熱忱並不很強，上主、基督、最後審判等等宗教上的要素與議題，只是被他視為音樂起伏激盪的最好材料。演出這首樂曲管弦樂團超過一百人，合唱團更超過兩百人，再加上樂器人聲的特殊數量與位置（如第二部分的Dies irae四組銅管被指定安置在樂團與合唱團的角落，以發出特殊迴盪的音效），這種刻意經營音樂的手法，啟發了後世如華格納在《羅安格林》（Lohengrin）與《崔思坦與伊索德》（Twistan und Isolde）中對音效處理的要求，尤其在銅管樂器的使用上。

所以白遼士的《安魂曲》，它的音樂性超過了宗教性，不

上主憐憫我們

137

見得適合教堂演出，而功能上，又有點逸出了安慰亡魂的作用，但在討論《安魂曲》這曲目時絕不能不先談它，從《安魂曲》的體制完備、音樂性充足的角度看，白遼士的這部作品必定是最重要的。

如果從虔敬的宗教氣息與安寧的悼亡功能來看，佛瑞（Gabriel Fauré, 1845-1924）的《安魂曲》則是另一個典範。這位與白遼士同籍法國的作曲家，對他的同鄉前輩處理安魂曲的方式很不以為然。佛瑞的《安魂曲》寫作年代有好幾種說法，有說初版作於1867-1868年，是為追悼1865年去世的母親而作的，也有一種說法是他在1887-1888年為另一原因所作，其後屢經改刪，最後的「版本」大約完成於十一年後，也就是1898-1899年，而總譜的正式出版則到了二十世紀的1901年。

幾乎是完全不同的態度，佛瑞《安魂曲》的體制規模比起白遼士的小了很多，他省去了把音響發揮到極致又嚇人的「最後審判」，也省去了白遼士曲中的「我是多麼不幸」、「光榮之王」、「我尋求」、「哀悼」與「犧牲」諸部分，保留了「奉獻之地」、「聖哉經」與「羔羊經」，另外加了「慈悲耶穌」（Pie Jesu）、「解救我」（Libera me）與「在天堂中」（In paradisum）的告別曲，而樂隊與合唱團的規模也同樣小（合唱建議有兒童合唱團，如無也可由女聲部取代），加入了管風琴，其中還有女高音與男中音的獨唱，但不論哪一部分，都進行得十分緩慢，很少有強音出現，整個氣氛是寧靜溫馨的，某些部分，佛瑞《安魂曲》聽起來更像搖籃曲。以悼亡的

冬夜繁星

角度而言，這首《安魂曲》不是恫嚇也沒有驚喜，卻有無比鎮定安寧的作用，比起白遼士的那首更適合用在喪禮。

　　談論安魂曲，也不能不談莫札特的創作。莫札特之前已有這種樂曲了，但不是有名人士所作，在他之前名作曲家如巴哈、韓德爾、海頓都沒有安魂曲，稍後於他的貝多芬也沒寫過，所以莫札特的這首《D小調安魂曲》（*Requim*, K.626）就大大的有名，讓它更有名的是這首曲子不但是莫札特一生的最後遺作，也是他未完成的作品。莫札特於1791年十一月在著手寫此曲的時候已臥病在床，僅完成前面的「進台經與慈悲經」（Intröit et Kyrie），後面的各部分有的多寫了一些，有的少寫了一些，但都沒寫成，拖到該年十二月五日莫札特去世了，但委託他寫此曲的貴族華西格伯爵（Franz Walsegg-Stuppach）仍緊追不捨，逼得莫札特的學生蘇斯邁爾（Franz X. Süssmayr, 1766-1803）把它續完。

　　想不到這首最後靠別人續完的作品，竟成為世人追悼莫札特的最好憑藉。這首《安魂曲》的首次演出在1793年，也就是莫札特死後兩年，場地是布拉格的城西聖尼古拉斯大教堂，教堂的彌撒儀式就是追念莫札特。1788年莫札特來布拉格主持歌劇《唐‧喬凡尼》（*Don Giovanni*, K.527）的首演時，曾參訪過這座教堂，並彈奏過教堂的管風琴。

　　這首曲子雖然不是靠一人之力完成，但整體精神仍然十分充沛，並沒有太大增補填充的痕跡，其原因一是莫札特已立下了相當的基礎，另外負責補遺的學生不但善盡職責，也具有不

上主憐憫我們

凡的天才，知曉老師意圖之所在。因為是彌撒安魂所用，這首樂曲沒有莫札特音樂一貫的明朗輕快的特性，莫札特似乎特別想要把音樂寫得「黯」一點，所以除了人聲之外，管弦樂的編制出奇的小，木管僅用了兩支巴松管（Basson）與兩支巴塞管（basset-horn），長笛與雙簧管都捨棄不用，主要的原因是音色太亮的緣故。

談了三個安魂曲，接下來不得不談布拉姆斯的《德文安魂曲》（*Ein Deutsches Requiem*, Op.45）。這首曲子以往多翻譯成「德意志安魂曲」，從字面來看沒有譯錯，但容易讓人誤會，以為這曲子是為德國所寫、專為安慰德國人的死難所用，其實不是作者的本意。音樂中的彌撒曲或安魂曲，設計之初，都是用在天主教的彌撒儀式，歌詞都是拉丁文寫的，上面三首安魂曲，不論作者是法國人、奧地利人甚至包括義大利人威爾第（Giuseppe Verdi, 1813-1901）所寫的安魂曲，都是用拉丁文的歌詞，但到了布拉姆斯，他想為何沒有例外？於是他採取了馬丁‧路德所譯德文聖經中的部分經文為底本，寫下了這首曲子，曲名上的「德意志」，指的是德文的意思。

這跟藝術的「在地化」有關，這得感謝莫札特的啟迪。在莫札特之前，歌劇的「原產地」是義大利，所以早期的歌劇都是用義大利文演唱的，再加上十八世紀時，歐陸流行義大利風，莫札特的幾齣重要歌劇如《費加洛婚禮》（*Le Nozze Di Figaro*）、《唐‧喬凡尼》等都是用義文演出，但他最後一部歌劇《魔笛》（*Die Zauberflöte*）則改採德文（奧地利使用德

冬夜繁星

文）。布拉姆斯用德文寫安魂曲是否與此有關，並不能斷定，但藝術的「在地化」有時是一種自覺，也不是偶然的。再加上布拉姆斯出身北德，自幼是「新教」的信徒，與「舊教」體系的義大利風格原本就格格不入，在藝術上另創新途，也沒什麼意外了。

布拉姆斯的這首安魂曲最早寫於1857年，那年他二十四歲，應該是和他的良師益友舒曼的死有關，舒曼死於1856年。當時沒有寫完，就一直拖著，直到1865年他母親過世後，他又找出原稿繼續創作，又過了三年，作品才算完成，所以這首安魂曲與他的第一號交響曲一樣，都是經過許多「難產」的程序所產生的作品。

與拉丁文的彌撒曲所透露的生死觀不同的是，布拉姆斯的新教信仰不相信有來世，這一點不只與羅馬天主教的看法南轅北轍，就是同屬新教的巴哈也有不同。但布拉姆斯並不想在音樂中「宣揚」或「否定」什麼，他只是讓他的安魂曲不再充滿最後審判的恐懼，對人死「復活」，也沒做任何期許，他希望他的安魂曲，能給他周圍陷入死亡哀痛的芸芸眾生（包括完全無名之輩）一些慰藉，哪怕一點點也好（因此改以他周圍人都懂的德文寫作）。所以這首安魂曲一開始就捨棄了拉丁版的「永恆安息與求主憐憫」那個舊套，改以更有「人道關懷」的方式，用和緩的合唱唱出「主祐哀悼者，他們必得安慰。」（Selig sind, die da Leid tragen, Denn sie sollen getröstet warden.）把安魂曲主要針對的對象由死者變成活著而悲傷的人，而這首

上主憐憫我們

布拉格城西的聖尼古拉斯大教堂，1794年莫札特的D小調安魂曲在此首演。

曲子的最後部分也是一個合唱，歌詞是「保祐亡者，因為從此之後他已安息主懷。」（Selig sind die Toten, die in dem Herrn sterben, von nun an.）安息主懷是幸福的，因為他無須再為恐懼而奔波。從這些地方看出布拉姆斯的貢獻，他把原本充滿宗教微示意味的安魂曲，加入了強烈的人道精神，在上主與命運面前，人雖然還是卑微的，但已有更多自主的立場，也更覺得自己的存在是有意義的了。

最後我想談一下離我們「最近」的一部安魂曲，這便是英國作曲家布列頓（Benjamin Britten, 1913-1976）在1961年完成的《戰爭安魂曲》（*War Requiem*, Op.66），這首安魂曲在曲名上有「戰爭」字樣，當然有為戰爭悼亡的含意。

布列頓是個徹底的反戰分子，第二次大戰前夕1939年，他為逃避兵役，與好友男高音皮爾斯（Peter Pears, 1910-1986）遠走美國，直到1942年回國仍拒絕服役，而且趁演奏機會到處宣揚反戰理論，讓英國政府十分頭痛。

他的《戰爭安魂曲》當然與他反戰的思想有關。寫完後獻給重新落成的Coventry大教堂，也在該處由作者主持首演，這所教堂1940年毀於德國轟炸。布列頓用傳統與創新並存的方式來處理這首安魂曲，他保留了傳統安魂曲的規則，把曲子分成六大部分，即：

1. 安息（Requiem aeternam）
2. 憤怒之日（Dies irae）

上主憐憫我們

143

3. 獻祭經（Offertorium）
4. 聖哉經（Sanctus）
5. 羔羊經（Agnus Dei）
6. 拯救我（Libera me）

　　從這首安魂曲六大部分的名稱看，就知道是根據拉丁文安魂曲的舊章所寫，而且在這首曲子中合唱與女高音獨唱都使用拉丁文，這是他遵守傳統的地方。然而在男中音與男高音獨唱的時候，他使用了一個在1918年死於第一次大戰的英國詩人的詩為歌詞，那位詩人名叫歐文（Wilfred Owen, 1893-1918），死時年僅二十五歲。這樣兩種語言相疊，起初聽來覺得奇怪而不協調，但不協調可能就是布列頓的本意，他想藉不協調來說明戰爭的荒謬。他在總譜首頁寫下題詞道：

　　主題是戰爭，是對戰爭的憐憫，
　　整首詩都是憐憫，
　　詩人能做的，只是提醒。

　　因此知道這首安魂曲在憐憫與提醒兩個主題上進行。憐憫是道德上的，而道德是由社會集體所形成，所以在布列頓的《戰爭安魂曲》中，也採用了傳統安魂彌撒的形式，連歌詞都用的是拉丁文。但作者在曲中不是僅僅表示憐憫而已，他還想「提醒」（warn也可譯為「警告」）世人戰爭的可怕與矛盾，

冬夜繁星

上：賈地納1992年指揮北德廣播交響樂團與布列頓
　　的《戰爭受難曲》。
右：英國戰後重建的Coventry大教堂。

這種「提醒」是布列頓曲中所獨有，所以他採用一個已死戰士的詩作，兩種語言，兩種情緒，形成衝突的壓力，再加上整首曲子採用了許多不和諧的聲音因素，這一方面是二十世紀的作曲家反叛的特色，一方面也使整首曲子產生不安、不穩的感覺，其實是布列頓與世人對戰爭的整體印象。

以上所談的五個安魂曲，有的典雅，有的浪漫；有的令人情緒激盪，有的讓人神安氣寧；有的服膺宗教傳統，有的側重個性獨創。不論從體認生死、了解藝術的角度，都值得欣賞。

下面略談一下有關的唱片。

關於白遼士的安魂曲，我四十年前最早所聽的是孟許（Charles Munch, 1891-1968）指揮波士頓交響樂團與合唱團演出的那兩張LP唱片（RCA），以今天角度而言，那兩張1959年的唱片已可以算是「歷史錄音」了，但當時聽了精神為之一震，久久不能平復。尤其最後的羔羊經，歌聲已遠而定音鼓輕敲，如同心跳的聲音，不停的砰砰聲，象徵人的生命雖有恆久的意義，卻也極度的脆弱，人是隨時可能死亡的。不過你也會想到，死亡如不可避，何不安然面對呢？這是聽這首曲子的另外一層感受。我聽這首曲子，深受震動，才知道孔子在齊聞《韶》之後說：「不圖為樂之至於斯也。」《韶》給孔子的感應不只是快樂，所以文中的「樂」字要念成音樂的樂，是指生命必須與藝術結合後，才覺察出它的豐博與深厚。

這兩張唱片到了70年代底，RCA公司又以「0.5 Series」方式重新發行，有點誇張音色，但整體還好。後來轉為CD之

冬夜繁星

後，就不再如初聽時的那種感覺了，一種原因是自己年齡漸長，所聽的唱片也多了，對音樂也變得世故起來，那種原始的感動已很難重拾，這是人在簡便與豐足之後的損失。

白遼士這首安魂曲，好的唱片很多，在唱片界評價最好而歷久不衰的算是英國指揮家戴維斯（Colin Davis, 1927-2013）指揮倫敦交響樂團與合唱團演出的那張（Philips），雖是1969年的錄音，顯得有點舊，但不論對音樂的詮釋以及細節的講究，都十分精到，氣勢也雄偉，確實是極佳的唱片。另外羅伯·蕭（Robert Shaw, 1916-1998）指揮亞特蘭大交響樂團與合唱團演出的唱片（Telarc），合唱與音效均好，也值得推薦。

有一張錄音極具震撼效應的唱片，現在來談談，就是李文（James Levine, 1943-）1989年指揮柏林愛樂與合唱團Ernst-Senff-Chor演出的那個版本（DG），竟找到帕華洛帝（Luciano Pavarotti, 1935-2007）擔綱聖哉經的獨唱，說實在，帕華洛帝的音色雖然無懈可擊，但安魂曲究竟不是浪漫派的歌劇，真能馳騁他高妙音色的機會不多，倒是第二段最後審判的部分，這張唱片錄得真是驚心動魄，假如音響還好的話，不妨把音量開大一些，隆隆的鼓聲與人聲交錯，足以把人帶到情緒的高點。

佛瑞的安魂曲，能找到的唱片也多。一些法國作曲家的歌曲唱片，因受語言限制，多是法國歌唱家唱的，很少由外國人演出，而佛瑞的安魂曲由於用的是拉丁文，不會法文的也沒困難，再加上這首安魂曲的編制比較小，演出無須大費周章，演

上主憐憫我們

出的機會就自然多了。但佛瑞的曲子，寫作時間過長，後來又修改不斷，因此這曲子經常標榜「版本」，有「原版」（original version）、「1893年版」與「1900年版」的區別，對欣賞者而言，倒無須困擾，一般演出以1893的版本為多。市面最容易看到賈地納（John Eliot Gardiner, 1943-）指揮革命與浪漫交響樂團（Orchestre Révolutionnaire et Romantique）及蒙特維地合唱團（Monteverdi Choir）、薩利斯伯利教堂男童合唱團（Salisbury Cathedral Boy Choristers）演出的版本（Philips），其實就很好，另外朱里尼指揮愛樂管弦樂團與合唱團的版本（DG）也很好，值得欣賞

莫札特的安魂曲，版本也多，華爾特、克倫培勒、貝姆、卡拉揚、伯恩斯坦等等有名的指揮家都有唱片，比較晚出的唱片是巴倫波因指揮英國室內交響樂團（London Chamber Orch.）演出的（EMI），由於網羅了許多「天王」級的歌唱家同台演出，如J. Baker、Gedda、Fischer-Dieskau、John Alldis等，特別值得一聽。

布拉姆斯的《德文安魂曲》演出的版本也很多，如克倫培勒、卡拉揚等的，都是很有年份的錄音，但無損其價值（卡拉揚就有幾次不同的錄音版本，卻以1947年的單聲道唱片最受評論肯定），可見演出布拉姆斯的這首，心誠則靈，音響的配製倒不是最重要的。1990年錄音的賈地納那張（Philips），也是由革命與浪漫交響樂團與蒙特維地合唱團演出的，是與我們比較近也較好找的唱片，不論演出與錄音都極好，值得欣賞。

冬夜繁星

最後要談一談布列頓《戰爭安魂曲》的唱片，布列頓本人1963年曾親自指揮倫敦交響樂團演出這首曲子，也出過唱片（Decca），這是由作曲者自己詮釋自己的作品，當然最為可靠。這張唱片最值得一提的是女高音是由俄國的維許涅芙絲卡維（Galina Vishneskaya）擔任，男高音是英國人皮爾斯（Peter Pears），男中音是德國人費雪迪斯考（Fischer-Dieskau），正代表戰爭中充滿敵對殺戮的三方，在安魂的樂聲中已獲得諒解與和平，除了演出很精采之外，還有特殊的意義。另外賈地納1992年的錄音，算是最接近我們時代的唱片了，這張唱片是他指揮的北德廣播管弦樂團（NDR-Sinfoneorchester）演出的（DG），合唱團有蒙特維地、北德廣播合唱團及圖策男童合唱團（Tölzer Knabanchor），女高音歐宮娜索娃（L. Orgonasova），男高音洛伏強生（A. Rolfe Johnson），男中音史科佛斯（Boje Skovhus），也是很好的演出，值得一聽。

上主憐憫我們

12 兩首由大提琴演奏的希伯來哀歌

　　樂名其實不是「哀歌」，也不是「悲歌」。取名為「悲歌」（elegy）的音樂，裡面通常有一種含意就是悼亡，或者為一種特殊的原因而悲不自勝，因而所作的抒情音樂，以器樂曲為多，法國作曲家佛瑞就有為大提琴與鋼琴演奏的《悲歌》（*Élégie*），英國作曲家艾爾加（Edward Elgar, 1857-1934）也有《弦樂曲悲歌》（*Elegy for strings*），其他尚多。

　　我聽的這兩首曲子，本身並沒有取哀歌或悲歌的名字，但每次聽來總有一種莫名的悲哀縈迴胸中，久久不能散去。

　　第一首是德國猶裔作曲家布魯赫（Max Bruch, 1838-1920）所作，曲名叫*Kol Nidrei*，這兩字並不是德文，而是希伯來一首祈禱文的首句，意義是「我等起誓」，所以它的副題是「為希伯來旋律所寫的慢板」（*Adagio nach hebräischen Melodien*），由大提琴與管弦樂團合奏。另一首是猶裔美籍作

傅尼葉的大提琴演出的唱片，其中有布魯赫與布洛克的兩首與希伯來有關的曲子。

曲家布洛克（Ernest Bloch, 1880-1959）所寫的，曲名叫《所羅門》（*Schelomo*），副題是「希伯來狂想曲」（*Hebrew Rhapsody*），也是為大提琴與管弦樂團所寫。前者比較簡短，演奏一遍需時十分鐘左右，後者較長，曲式變化也大，演奏一次需時二十多分鐘。

先談第一首*Kol Nidrei*，這是布魯赫唯一的一首大提琴曲，但深沉又悲哀，聽到的人很難不感動。布魯赫晚生布拉姆斯五年，比布拉姆斯活得長些，死於二十世紀，而布拉姆斯沒活過二十世紀，很多人都以為他們不在同一時代，其實他們應算是同時代的作曲家。布魯赫雖比布拉姆斯「小」五歲，但要更「早慧」一些，他的一些有名的力作在很年輕的時候就寫成了，譬如他最有名的G小調小提琴協奏曲，寫成曾請當時的小提琴泰斗姚阿幸（Joseph Joachim, 1831-1907）指點，後來就題贈給他，而布拉姆斯的那首有名的D大調小提琴協奏曲在1879年才寫成，寫成也是獻給姚阿幸的，並且由姚領軍首演。

布魯赫在西方樂壇的主要「貢獻」在小提琴曲，他共有三首小提琴協奏曲，前兩首是演奏會常見的曲目，第三首的名氣不大，不過他還有一首為小提琴與管弦樂團所寫的《蘇格蘭幻想曲》（*Scottish fantasy*）則大大有名，幾乎所有偉大的小提琴演奏家都曾演出過。除此之外，他也寫過不少的合唱曲，在德國他以合唱曲著名。布魯赫也寫過三首交響曲，卻不幸很少有演出的機會，久了大家也不太記得了。他的交響曲我曾聽過馬舒指揮萊比錫布商大廈管弦樂團（Gewanhaus Orch.）的演奏

兩首由大提琴演奏的希伯來哀歌

版本（Philips），感覺很一般，有點妝點出來的哀愁，不是很深刻。

　　他的小提琴曲往往有很好的旋律，讓人一聽就入耳，又有為小提琴家預留的揮灑空間，讓演奏者馳騁琴藝，俗語說內行聽門道，外行聽熱鬧，布魯赫的曲子，都能滿足各層次的需要，所以他的作品雖不多，卻也不會令人遺忘。另外，他的小提琴曲之有名，也與貴人相助有關，他的第一號協奏曲題贈姚阿幸，第二號協奏曲與《蘇格蘭幻想曲》都是題獻給另一小提琴大師薩拉薩蒂（P. de Sarasate, 1884-1908），那兩人是當時歐洲最受人青睞的小提琴名家，正應著「一經品題，身價百倍」的說法，他的第二號協奏曲初演於1877年，《蘇格蘭幻想曲》初演於1880年，也都由薩拉薩蒂首演，馬上造成轟動。司馬遷曾說：「伯夷、叔齊雖賢，得夫子而名益彰，顏淵雖篤學，附驥尾而行益顯」，可做旁證。

　　大致上言，布魯赫小提琴曲的主要部分，往往是兩個旋律很優美的主題相互出現，有時是夾纏，有時是陪襯呼應，造成極浪漫的情調，音樂的情緒則偏向激烈宣洩，華彩不斷。喜歡他曲子的人，大多是初聽古典樂的人，常被那華麗的音色旋律所眩，程度深了之後，就不會那麼趨之若鶩了。這是因為藝術的世界涉足久了，自然想探索更深層的東西，而布魯赫的這幾首傷感又充滿光彩華麗性質的小提琴曲子，往往不能滿足需要。

　　但他為大提琴與管弦樂團所寫的這首*Kol Nidrei*，則一改

冬夜繁星

他寫小提琴曲的態度，不再追求外表的光彩絢麗，整首曲子具有一種內省的觀照。這首曲子由希伯來祈禱文得到靈感，而這個祈禱文是猶太人在贖罪節開始之日所用的，那天教友群聚一堂，經白天到夜晚，頌念禱告，以求贖一年之罪。

藝術品都有思想，卻有深淺之別。這首曲子有強烈自我探索的含意，它的思想是朝內的，不是朝外的。朝外的思想，通常是邏輯的，是想說服人的，朝內的思想，不見得是邏輯的，想要說的是自己，所謂英華內斂，有點像佛教說的「回光返照」，脫去層層外衣，不在乎外表的妍孄，而作品強烈的內在動機，反而更能感人。我不知道布魯赫寫這首曲子時確實所想，但想藉此表達他對猶太人處境的憂傷是必然的。在布魯赫的時代，還沒碰到納粹大屠殺的事件，但猶太人被視為社會的剝削者，引起許多地區敵視排擠，在歐洲則處處可見。

猶太人受到那麼大的排擠，當然是不公平的。但從內部觀察，這種不幸也有一些源由是來自猶太人的自身。第一是他們以自己的文化自傲，幾世紀來，雖因故園無立錐之地而移民他鄉，卻並不很認同所居地的文化，常常自建壁壘，與人區分，這是受人敵視的最大原因。其次猶太人善於經營，到一處不久，就會掌握該處的經濟，操縱該國命脈，也許完全是公平競爭的結果，但也有些地方不能讓人盡數心服口服的，這就埋下忌恨的種子，生根發芽之後，往往不可收拾。

如果猶太人只是天生好鬥，你爭我奪，知道勝敗乃兵家常事那就算了，然而猶太人心思細密，善於自省，內心衝突得屬

兩首由大提琴演奏的希伯來哀歌

害。這種個性，除了長於經營之外，更適合做文學家與藝術家。操縱經濟的人與藝術家本來南轅北轍，很難站在一起的，但在猶太人裡面卻奇蹟式的出現了，十九世紀之後，歐美的重要銀行家、主持金融的多是猶裔人士，而這群銀行家也十分喜「投資」文學藝術市場，獎掖藝術創作，這種巧妙的結合使得猶太人不只操控經濟，並且影響心靈。英美各地的大型博物館或美術館，大多是猶裔企業家所「奉獻」或主持的，其他重要的傳播媒體與出版商，也莫不如此。

以音樂藝術為例，《時代》雜誌每年選出美國的十大樂團，背後的金主大多是猶太人，難怪音樂界出了那麼多猶裔的音樂家，伯恩斯坦、奧曼第、塞爾、蕭提、祖賓‧梅塔到巴倫波因，光是指揮家所占的比例，就超過其他族裔的太多太多，更不要說演奏家了，才知道猶太在歐美的「勢力」是如何的龐大。

我以前曾百思不解，為什麼以色列可以與周圍的十餘個阿拉伯國家為敵，他們即使犯錯，而英美各國仍一心相挺，絕不退讓，後來看了幾次BBC轉播的英國舉行的大型音樂會，閉幕典禮少不了一首充滿了愛國與宗教感的歌曲，那首歌叫《耶路撒冷》（*Jerusalem*），是由與艾爾加齊名的英國作曲家派里（Hubert Parry, 1848-1918）所作，演奏這首歌的時候，全場觀眾同聲齊唱，不斷揮舞著國旗，樣子如醉如狂，才知道要這群自認是耶路撒冷子民的人放棄支援以色列，是絕不可能的事了，尤其在以色列人與「外邦」異教徒鬥爭的時候，雖然對英

冬夜繁星

國人而言，以色列也是外邦，而猶太教對基督教而言也是外教。但猶太人確實有極幽暗又艱險的一面，看卡夫卡（Franz Kafka, 1883-1924）與以撒・辛格（Issac B. Singer, 1902-1991）的小說可以體會。

我們把話題轉回談布魯赫的這首大提琴曲，這首*Kol Nidrei*是他1881年的作品，作於《蘇格蘭幻想曲》之後，全曲分兩個部分，第一部分D小調，主題緩慢而沉重，主奏大提琴的旋律一直在低音區徘徊吟誦，形成沉鬱悲傷色彩。這旋律經過幾次重複，隨後大提琴提高八度把這旋律再演練一遍，情緒就變得比較高朗了。轉入第二部分，是D大調，在管弦樂團引導之下，大提琴朝另一主題展開，比起第一部分的哀傷，明顯減少很多，這個主題，舒展委婉，充滿安寧明淨的氣氛。這時的音樂有一種像宗教的作用，沉澱思緒之後有超凡入聖的感覺，又有一種讓人覺得洗盡塵埃，神清志明的境界。

聽布洛克的《所羅門》又是另一種感受，這首曲子的副題是「希伯來狂想曲」，我們先來談談音樂中的「狂想曲」。狂想曲在音樂上出現，很多跟地方色彩脫不了關係，譬如李斯特的《匈牙利狂想曲》、斯坦福（Charles V. Stanford, 1852-1924）的《愛爾蘭狂想曲》等的，都採用了地方民謠或旋律做為曲子的骨幹。另一種與地方色彩無關，而是作曲家因讀了某部作品，或聽了哪一首音樂而產生了聯想，便寫下「狂想曲」來表現他的非非之思，譬如布拉姆斯採用了部分歌德的詩歌而寫成的《女中音狂想曲》（*Alto Rhapsody*），以及拉赫曼尼諾

兩首由大提琴演奏的希伯來哀歌

夫採用了部分帕格尼尼音樂旋律而寫成的鋼琴與管弦樂合奏的《帕格尼尼主題狂想曲》都是。儘管所表現的並沒有嚴格的限制，但取名「狂想曲」的曲子，通常曲調明朗愉快，尤其與地名結合的狂想曲，裡面有很多地方的歌謠舞曲，總是輕快又節奏分明的居多。

但布洛克的這首「希伯來狂想曲」卻不是這樣，全曲所寫的是古代希伯來君王所羅門的故事。所羅門有哲學家君王之稱，但他治理以色列以明君始，以昏君終，最後把以色列的政治與宗教系統都弄亂了，使得以色列落入分裂一途，他在以色列的歷史評價上向來毀譽參半。布洛克對他們族裡的這位歷史人物，似乎把注意力放在「毀」的部分比較多，當然也表現了所羅門引以為傲的智慧與理性，但敵不過他好大喜功又縱欲的性格，故事以悲哀收場。

曲中的管弦樂部分，代表了所羅門光明的一面，而負責主奏的大提琴卻代表他陰暗一面，合奏與獨奏時而夾纏，時而對立，不和諧的部分居多，整體氣氛是低暗又衝突的。快結束之前，在管弦樂聲達到最高潮的同時，卻也是大提琴的聲調變得空前絕望的時候，曲子很長，其中雖有起伏，但敵不過強烈悲觀的氣息。與前面的布魯赫的那首比較，布魯赫的那首雖然哀傷，然而結尾卻是明亮的，讓人產生一些崇高優美的聯想。而這首布洛克的，曲子自始就在矛盾衝突中進行，而且不安的情緒與音樂相終始，從不中斷，直到最後以大提琴絕望的尾音結束。這真是一首有壓力的曲子，聽完了才讓人有鬆脫開來的感

冬夜繁星

覺，覺得我們的世界還算天高日暖，一切平常不滿意的，當下都覺得好了起來了。

都是矛盾的，基調是哀傷。這不只是音樂，也是以色列對希伯來歷史的整體感覺吧。我聽的這兩首曲子，是由法國大提琴家傅尼葉（Pierre Fournier, 1906-1986）演出的（DG），布魯赫的那首，由馬蒂農（Jean Martinon, 1910-1976）指揮巴黎拉穆勒交響樂團（Orchestre Lamoureux, Pari）合奏，布洛克的那首由華倫斯坦（Alfred Wallenstein, 1898-1983）指揮柏林愛樂合奏。除了傅尼葉的版本之外，布魯赫的那首我還聽過史塔克（János Starker, 1924-2013）的版本（Mercury），覺得還是傅尼葉的殊勝。至於布洛克的那首《所羅門》，演奏的名家很多，除了傅尼葉的之外，還有羅斯卓波維奇（Mstislav Rostropovich, 1927-2007）（DG）、麥斯基（Mischa Maisky, 1948-）（DG）與馬友友（Sony）的版本，都值得推薦。其實各有長處，選一聽之即可。

兩首由大提琴演奏的希伯來哀歌

13 莫札特的天然與自由

幾年前我寫過一篇〈聽莫札特〉的短文，登在《聯合報》上，全文是：

聽莫札特音樂的時候，人總在平和與喜悅之中。像是把所有東西都放在房間的適當位置，妥貼安穩，沒有一點是礙眼的。透明乾燥的空氣中帶著一點薄薄的水氣，有些許涼意，你須要穿著寬鬆而合適的衣著，當音樂響起，不要穿著厚衣，更不能赤膊，聽莫札特不要拘謹，但也不能過於隨便，它給人一種合乎中道的安適。

所以莫札特等於和諧。與莫札特比，巴哈當然也是和諧的，巴哈的和諧帶著數理的冷的秩序，有時太嚴肅了；貝多芬也很和諧，但貝多芬的和諧是超越過衝突與打擊過後的和諧，他人生的道路有太多的障礙，通過後他說讓我

們遺忘並原諒吧，後面的那些傷痕，令人想忘卻不見得全能忘得掉。不像莫札特，他的風和日麗是天生的，他的氣度不是靠磨練或奮鬥得來，薩爾斯堡的雪與陽光，維也納的微風，多瑙河的波光，宮廷舞廳仕女的衣香鬢影，都令人沉醉。而聽莫札特從不讓人昏昏欲睡，它讓人清醒，但清醒不是為了防備。

既沒有外在的敵人，也沒有內心的敵人，所以可以放鬆心情，無須作任何防備，對中國人而言，這是多麼難得的經驗啊。孟子說內則無法家拂士、出則無敵國外患者，國恆亡；《中庸》說君子戒慎乎其所不睹，恐懼乎其所未聞。中國人習慣過內外交迫、戒慎恐懼的生活。莫札特告訴我們無須如此緊張，他悠閒得有點像歸隱田園的陶淵明，但陶淵明在辭官歸里的時候，還是不免有點火氣，「誤落塵網中，一去三十年」，不是有點火氣？不像莫札特，他的音樂雲淡風輕，快樂中充滿個人的自信與自由。

我這兒不要細舉他的曲目吧，大致說說，他有四十一首交響曲，數量極多而用交響樂團演奏的〈小夜曲〉（Serenade）、〈嬉遊曲〉（Divertimento）等作品，鋼琴奏鳴曲、協奏曲，還有各項室內樂譬如弦樂四重奏、五重奏，只有專家才清楚數目。他還幾乎為所有數得出的樂器都作過曲，不單單是在樂隊中用到這種樂器罷了，而是為它寫協奏曲，讓它成為音樂的主角。他的才幹實在太大了，懂得各種樂器的特性，曉得它所有的長處與短處，他

冬夜繁星

為它們安排最好的出場位置，好像一見人就摸得著人的
「笑穴」與「痛點」，有這樣的敵人真可怕，一出手就讓
人淪陷。但他只是玩玩罷了，他無辜的朝我們笑，他讓最
美麗的聲音走出樂器的孔竅，一點也沒有傷人的意思。

　　為莫札特著迷的人不會忘記他還是歌劇作家，他的歌
劇與後來歌劇作家如白遼士、華格納、普契尼等的不同，
他們都熱中寫讓人盪氣迴腸的悲劇，越悲慘越絕望的越
好。而莫札特喜歡寫有幽默意味的喜劇，不論《費加洛婚
禮》、《唐‧喬凡尼》或《魔笛》，都是以小人物為故事
的核心，在插科打諢笑謔不斷的後面，也有點無可奈何的
感嘆意味，但僅止於此，莫札特從不把它擴大到要令人憤
慨抗議的地步。人生皆如是，正經的生活中總有些荒謬，
聰明的後頭也會有些糊塗，笑中帶淚，苦後回甘，本是世
道之常情，這一點，莫札特比任何人都達觀。

　　只有達觀的人，才能得到真正的自由，因為他「不以
物喜，不以己悲」，仁者無憂緣於智者無惑，所以仁者必
定也是智者。智者不惑於世相，人不管如何憂愁都解決不
了問題，當智者徹底明白了這一點，便快快樂樂的成為一
個仁者了。這樣說來，和煦如日的莫札特有點接近儒家的
仁者，這話也許過甚，但說莫札特是一個自由的人，這點
不容懷疑。莫札特的自由，淵源於他獨特的自信，他的自
信又因為他洞悉周圍的一切。他的這項本事，不是別人教
的，而是他的本能，所以莫札特算個天才。

莫札特的天然與自由

他的藝術是把一切最好的可能表現出來，沒有不及，更沒有任何誇張，好像那是所有樂器的本來面目，圓號（Horn）本來就該那麼亮麗，長笛（Flute）就是那麼婉轉，巴松管（Bassoon）就該那麼低沉，豎琴（Harp）就該那麼多情，雙簧管（Oboe）就該那麼多辯，單簧管（Clarinet）像個害羞的演說家，遇到機會也會滔滔不絕起來，讓人知道它也能長篇大論……，原來那是它們的當行本色，以前被作曲家埋沒了，現在有人讓它好好展現，終於讓人驚訝於它的天顏。莫札特的世界陽光溫暖，惠風和暢，天空覆蓋著大地，大地承載著萬物，自古以來就是這樣，不仔細聽，好像沒有任何聲音，而所有聲音其實都在裡面，沒有壓抑，沒有抗拒，聲音像蘇東坡所謂的萬斛泉源，不擇地皆可出，因為不擇地皆可出，所以十分自由。

原來，莫札特的迷人，正在他所擁有的自由，而他的自由，從來不吝於與人共享。

上面這篇文章說的是我對莫札特的「大感受」，到今天，這些感受並沒有改變，但有些意見需要補充。

我聽莫札特一直覺得是天然跟自由。這「天然」兩字是元代詩人元遺山拿來形容陶淵明的，他有《論詩絕句》三十首，其中一首專論陶淵明，說：「一語天然萬古新，豪華落盡見真淳。」以這兩句詩的第一句來說明莫札特的音樂是完全相符

冬夜繁星

的，莫札特的音樂與陶淵明的詩都是發自人的最自然的機杼。
我們知道所有藝術創作都要用心思，就像織布需要運用織布
機，但莫札特的成品讓你幾乎看不見任何「運作」的痕跡，如
石在山，如水在澗，他的音樂好像現成擺在那兒，自然就有
了，明明是人手創造的東西讓人覺得不經人手，是一種極大的
高明。

　　至於第二句：「豪華落盡見真淳」就不見得適合形容莫札
特。莫札特的音樂也有豪華的地方，所有強調神聖莊嚴或者強
調對比秩序的地方，都免不了有點豪華的成分。以交響曲為
例，莫札特的第三十八號、四十號以至他最後一首四十一號交
響曲《天神》（*Jupiter*, K.551）開始的樂章都盛大又豪華，不
只如此，他二十號之後的幾個鋼琴協奏曲的開場部分也都盛大
豪華，氣象萬千。天然不見得要豪華落盡，大自然在某些狀況
下也是豪華甚至可說是豪奢無比的，試問「無邊落木蕭蕭下，
不盡長江滾滾來」是何等景象？「吳楚東南坼，乾坤日夜浮」
又是何等氣勢？大自然隨時都顯示它的盛大與豪華，重要的是
莫札特的豪華是他天生稟賦的豪華，是自然的光彩，不是窮漢
子充闊裝出來的。

　　莫札特的另一項特色在遊戲，當代新教神學家卡爾‧巴特
（Karl Barth, 1886-1968）曾說：

　　　　我在莫札特音樂中，聽見了任何作品中所聽不到的遊
　　戲藝術。

莫札特的天然與自由

165

馬克拉斯指揮布拉格室內交響樂團演出的莫札特
交響樂全集，被評為莫氏交響曲最好的演出。

　　說得不錯，他點出了莫札特音樂中遊戲的成分，這種成分
在他的歌劇中最多，但交響曲、協奏曲、鋼琴奏鳴曲與弦樂四
重奏中也隨處可見，遊戲是兒童最愛，所以莫札特的音樂充滿
童趣又天然可愛。

　　遊戲不是惡作劇，就算是兒童的遊戲，也有嚴肅的一面。
遊戲的目的在給自己歡愉，同時也給人歡愉，肯定歡愉在生命
中的意義是重大的，否則在莫札特之後的貝多芬不會把他最後
一首也是最重要的交響曲取名為「歡樂頌」了。因此遊戲與歡
愉都是高尚的，都具有生命本質上的意義。

　　這一點令我想起，中國的宋明儒常討論一個主題叫「孔顏
樂處」，這是因為孔子曾這樣形容他最疼愛的弟子顏回，說：
「賢哉回也，居陋巷，一簞食，一瓢飲，人也不堪其憂，回也
不改其樂，賢哉回也。」顏回非常困窮，但卻十分快樂，這是

冬夜繁星

孔子欣賞他的地方。《論語》中還有段記錄孔子的話說：「飯疏食飲水，曲肱而枕之，樂亦在其中矣。不義而富且貴，於我如浮雲。」這段話是形容自己，可見孔子簡易平和，雖在生活在艱難之中，仍不改生命本質的快樂。欣賞自己的生命，也欣賞生命中的苦難，這是快樂之所從來，也是人的自由所從來。明儒王心齋（1483-1541）有首詩，題目是〈樂學歌〉，是這樣寫的：

> 人心本自樂，自將私欲縛。私欲一萌時，良知還自覺。一覺便消除，人心依舊樂。樂是樂此學，學是學此樂。不樂不是學，不學不是樂。樂便然後學，學便然後樂。樂是學，學是樂。嗚呼，天下之樂，何如此學。天下之學，何如此樂。

這句「人心本自樂」，把快樂來自生命本質的事說出來了，照王心齋的說法，所謂學習，即是學習回復生命的本體，因此生命是快樂的，學習也是快樂的。我每讀這些被理學家形容為「生機暢旺」的文字，常很奇怪的會想起莫札特。莫札特與說這些話的中國人，真是「相去萬餘里，各在天一涯」，但卻莫逆於心，他的音樂充滿了遊戲的成分，也充滿了快樂的因子。雖然在他真實的生命裡有許多無法克服的苦難，但他不僅靠音樂超拔了自己的苦難，又藉著他的藝術印證了生命裡最核心的部分，那就是自由與快樂。

莫札特的天然與自由

輯三 ｜ 音樂是時間的藝術，只有一次

對現代許多人來說，聽唱片其實是聆樂的第一現場，喇叭中傳來的音樂，並非虛幻，而是真真實實的存在。同一種音樂在不同時段中聽來，都可能有全新的感受，而這種感受往往是唯一的，不見得能重複、能再製。

音樂是時間的藝術，只有一次，生命也是。

14 舒伯特之夜

　　音樂史上有個名字叫做舒伯特的人，要寫他的傳記，那簡單至極，因為他在世上只活了三十一歲，要編他的作品目錄呢，那就有得編了。他跟貝多芬一樣，有九首編制很大的交響曲，其中有一首沒有完成，就是第八號，只寫了兩個樂章，後來樂商就乾脆叫它《未完成交響曲》，想不到這首交響曲就因這個名字而響亮起來，世上聽完舒伯特九大交響曲的不多，但提起這首《未完成》的，就無人不知，竟成了他最有名的作品了。我少年時到友人家聽音樂，他們家就有一張首面是貝多芬第五號《命運》，反面是《未完成》的唱片，好像是柏林愛樂的錄音，指揮是誰已忘記了，那時我就把兩個樂章的主要旋律牢牢的記住了。後來聽過許多大師指揮的唱片，奇怪的是老是將這兩首曲子放在正反兩面，《命運》是交響樂的聖經，而《未完成》竟然與之並列，可見《未完成》是如何的有名。

這首交響曲並不是他寫了一半就死了，這兩個樂章是在1822年他二十五歲的時候就寫好了的，可能舒伯特當時太忙，名氣也很一般，沒什麼人會注意他，這兩個樂章放在抽屜裡連自己都忘記了，直到他死了後很久才被人發現，這首曲子的初演是在1865年，那時舒伯特已死了三十七年了。

　　舒伯特（Franz Schubert, 1797-1828）一生都是個青年。他早熟而天才橫溢，他在二十五歲左右，已經完成了好幾首交響曲了，而貝多芬在二十五歲時還沒寫過交響曲呢。但舒伯特個性害羞，他身體不很好，因為經常咳嗽，臉孔老是通紅，他在音樂上有高岸的理想，但沒有什麼朋友。在維也納，十九世紀之初，音樂是個高又「貴」的行業，你須取悅王公貴人或巨商大賈，讓他們做你的「支持人」，你才能在音樂圈裡混。那些大人物都趾高氣揚，年輕又靦腆的舒伯特是巴結不上的，他只能寫些室內樂及歌曲，賣給樂譜商，樂譜商將它整理排印，提供小型樂團或演唱家選用，被選上了，也許有出名的機會。

　　雖然表面不以為意，出名對藝術家而言還是頂頂重要啊！萬一沒被選上，便像石沉大海，過了幾十年、幾百年，也許有個「知音」在成堆的舊貨中，「驚豔」的發現了他的作品。他最有氣勢的第九號交響曲《偉大》，命運與《未完成》幾乎相同，也是在他死後才得見天日，他死後十年，這首交響曲被作曲家舒曼在維也納發現，帶回萊比錫，一年後由孟德爾頌指揮萊比錫有名的布商大廈管弦樂團作首度的演出。杜甫稱李白說：「千秋萬歲名，寂寞身後事」，只是那死後的花開花落，

冬夜繁星

對李白與舒伯特而言，又有什麼意義呢？

　　三十歲那年，也就是1827年，他有一個機會拜見當時在維也納已被視為樂聖的作曲家貝多芬，他把自己的作品呈給這位大師看，據說貝多芬對這位青年作曲家的天賦極為驚訝，對他勉勵有加。但貝多芬對他的幫助不大，貝氏自己陷入極大的病痛之中，耳已全聾了，無力「提攜」他，而且就在當年，貝多芬死了。舒伯特極想得到貝多芬的啟發，他的幾首交響曲裡有貝多芬的影子，但這次見面，並未為他帶來什麼，他的極大部分作品，都在遇見貝多芬之前就早已完成，貝多芬死了一年之後，舒伯特也病死了。

　　舒伯特的作品最有名的是歌曲，他一生寫了六百餘首歌曲，所以音樂教科書上總稱他是「歌曲之王」。他的歌曲，不是為大型演唱使用，譬如神劇、歌劇，而是一般人可以唱的「短歌」。他的歌曲大多是獨唱，很少合唱，演唱者男性是男中音（baritone），女性是女中音（mezzo soprano），因為中音的音域最接近一般人。因此唱舒伯特的歌，態度上需要忠誠懇摯，避免油滑，不要像歌劇裡的高音歌手，一古腦兒在那兒賣弄音色及技巧。舒伯特的歌比較起來顯得簡單，然而要唱得好，還是需要相當的技巧的，尤其需要有英華內斂的修養，樸實比華麗，有時更難表現。

　　舒伯特的器樂作品，以鋼琴最為擅長，他寫了很多鋼琴奏鳴曲，都是獨奏的，沒一首是與管弦樂合奏的協奏曲。他的鋼琴作品，都有很美的旋律，又善鋪敘，所以幾乎每首都很長，

有人拿來與貝多芬中晚期的作品比較，長度總是超過，但力度卻總嫌不足。

其次是他的室內樂作品。他有很多首弦樂四重奏、五重奏，也有鋼琴三重奏及五重奏，其中有些是音樂史上的名作。他的室內樂與鋼琴作品很像，都是以旋律優美見長，有人說舒伯特的所有作品，其實都是可以歌唱的歌曲，他的歌不是頌揚神聖的聖歌，也不是鼓動熱血的戰歌，而是像夏日樹林裡的溪水，潺潺的、細聲的流著，可以濯足，可以洗心。

聽舒伯特的歌曲，任誰都不會漏掉費雪—迪斯考的演唱，有人說他的歌喉是為舒伯特而生的，也有人說舒伯特的歌是預知一百餘年之後會有迪斯考而寫的。唱舒伯特歌曲，應該不限男聲，但奇怪的是大師幾乎全是男性，只有一次我聽西班牙女高音羅斯安潔利斯（Victoria de los Angeles, 1923-2005）唱他的〈音樂頌〉（*An die Musik*），安潔利斯的歌喉清脆又悠遠，她能把聲音停留在極高的高處猶遊轉不歇，她把舒伯特的這首短歌，唱成那樣淋漓煥然，如果不是天界的聲音，就至少如沐沂歸詠般的，聽了這首歌，像洗去多年來身上的塵埃，清潔又安寧的進入靈魂的聖域，那是我從未有過的感受。

至於舒伯特的鋼琴曲，彈奏的人很多，偉大的演奏家，總會彈幾首他的作品，但專門演奏他的作品而成名的卻不多。舒伯特的奏鳴曲，都十分冗長，動態範圍不大，彈的人與聽的人都容易疲乏。唯一以彈舒伯特著名的，大概是奧地利的鋼琴家布倫德爾（Alfred Brendel, 1931-）吧。上世紀70年代，Philips

冬夜繁星

幫他出了許多舒伯特鋼琴曲，都是以LP（33⅓轉的膠板唱片）發行的，當年布倫德爾是四十左右的壯年，而視茫髮禿，戴著一副寬邊的深度近視眼鏡，看起來已是個老頭。他彈舒伯特很高雅，初聽像學院派的一板一眼，聽久了，就覺得他音色亮麗、觸鍵健穩之外，他似乎比別人有較多的熱力，好像將平穩的河面激起了水花，他讓舒伯特像鱒魚一般的跳躍出水面，尤其是每個樂段結尾的部分，強度是與前面總是不同的，這使得原本的冗長有了變化，不再那麼單調了。我一直認為，布倫德爾所彈的，是舒伯特鋼琴曲的最好版本。

一次在電視上看一部好萊塢電影，電影是在一座奧地利的古堡式的大廈裡拍的，故事是敘述二次大戰時東歐的德軍將領，開會討論如何處決猶太人。與會的還有蓋世太保及各集中營的主管，會中討論殺人的細節，包括人數分配及遺骸處置等等。古堡陳設極其豪奢，會議桌上擺滿鮮花，穿禮服的僕役輪流端上點心、咖啡，食物鮮潔，將軍談話，遣詞用句都極文雅高尚，整個氣氛是輕鬆而融洽的，而話題則是重重的殺戮與重重的死亡。

等所有細節都安排妥貼，會議便結束了，來客各自穿上大衣準備離開，打開大門，屋外天氣昏暗寒峻，已是夜晚，有雪花在飄落。主持會議的將軍在送走客人後有些頹然，僕人將桌面及房子收拾乾淨，把門窗關好，再把房中的燈一一熄滅。這時將軍打開那古董造型的七十八轉唱機，把唱片放上，拉上唱桿，音樂便款款流出，原來是舒伯特那首有名的編號D956的D

大調弦樂五重奏，他放的是慢板的第二樂章。這首弦樂五重奏的樂器配置有些特殊，用了兩支大提琴，顯然舒伯特想增加低音的效果。第二樂章的樂句遲緩而嚴肅，像放慢速度的海浪，一層一層的朝岸上拍來，又像攀岩，一步一步的增加高度。燈已熄盡，將軍喟然嘆道：「可惡的舒伯特，怎麼把音樂寫得這麼迷人呀！」

真是殘酷與美麗的對比，音樂像冰封大地的一個弱小火種，在強風中閃閃爍爍，隨時可能熄滅，一熄滅，世界就全暗了。我記得俄國作家索忍尼辛寫的一個短篇：西伯利亞的鐵路四周積著厚雪，一列貨車出事了，這是一趟運家禽的列車，車上厚紙箱破了，裡面的小鴨子跑了出來，一隻隻興奮的在雪地奔跑。任何人都知道，在零下的氣溫之下，這黃絨絨的毫無抵抗力的小鴨幾分鐘就會全數凍死，但美麗的小鴨，卻完全不知道自己陷入險境。………我不知道為何想起這個故事，也許所有美麗的事都脆弱得像雪地上的小鴨，都潛藏著重重的危機，令我們不得不擔心吧。

沒有十年前也接近了，我在尚存的《中央日報》發表了一篇〈舒伯特之夜〉，記得那篇文章是應主編林黛嫚邀請所寫。現在拿出來看看，覺得文中的意見並沒有改變，這篇文章所呈現的氣氛我很喜歡，藝術令人深省，結果也許有點憂傷，但就是這憂傷使得藝術的生命顯得恆常些，因為到今天我聽舒伯特，依然有一絲難以形容的憂傷在心中，十年來世事改變很

冬夜繁星

多，而那個憂傷依然存在，如何揮也揮之不去似的，其實我也沒怎麼想揮去它，我想，那股憂傷已存在了近兩百年來的心底，就讓它繼續保持在我的耳際、我的心中吧。

我現在為這篇文章添幾個注腳。

世上以演唱舒伯特藝術歌曲出名的德國男中音費雪—迪斯考不巧在前年（2012）5月18日去世了，只差十天就過他八十七歲生日。費氏以唱舒伯特知名，但其聲樂領域絕不以舒伯特為限，當年卡爾·李希特錄巴哈的康塔塔全集也邀他參加，他在80年代之前，除了獨唱之外，也常參與歌劇演出，說起來是個聲樂界的全才。舒伯特歌曲，他錄過多次，譬如《美麗磨坊少女》（*Die schöne Müllerin*）、《冬之旅》（*Winterreise*）、《天鵝之歌》（*Schwanengesang*）都有不同的版本，其中與鋼琴家摩爾（Gerald Moore, 1899-1987）合作最多，是舒伯特藝術歌曲不可少的版本。談起舒伯特的歌曲，除了費雪—迪斯考之外，還有一個跟他一樣資深的德國男中音不得不提，那就是赫曼·普萊（Hermann Prey, 1929-1998）。這位男中音的聲音比費雪—迪斯考要寬洪些，兩人比較，費雪—迪斯考的聲音清亮，而普萊的低沉，我覺得在某些部分，普萊更能把握舒伯特的原作精神，但在歌唱界的名氣，普萊始終不如費雪—迪斯考的大，卻也是怪事。

《冬之旅》也有英國男高音彼得·皮爾斯（Peter Pears, 1910-1986）所演唱的版本（Decca），是由作曲家布列頓伴奏鋼琴，是十分有名的一張唱片。但我不是很喜歡，首先由男高

舒伯特之夜

音唱這套歌，總顯得有些不自然（舒伯特的藝術歌曲雖沒限制由誰來唱，但以男中音為宜），而皮爾斯唱這套歌曲的時候，聲音常作顫抖狀，中音進入高音時總顯得有些不穩，讓人聽來提心吊膽的。

前文所記羅斯安潔利斯，台灣一般譯成安赫麗絲（承一位讀者來信指正），是一位西班牙籍的女高音。最擅長義大利與西班牙的歌劇，她除了歌喉好之外，還精通吉他演奏，有些西班牙的民謠或藝術歌曲由她自彈自唱，更能得其神髓，唱舒伯特的歌不是她的強項，但偶一為之，也十分不俗。

文中談到舒伯特的鋼琴獨奏作品，以奧地利籍的鋼琴家布倫德爾所彈的（Philips）最得我心。說起舒伯特的鋼琴作品包括二十一首奏鳴曲與十一首即興曲（Impromptus）及六首《音樂的瞬間》（*Moments Musicaux*），數量驚人。布倫德爾的舒伯特雖好卻沒有錄完，後來我到唱片行尋找，發現二十世紀的許多鋼琴大師彈舒伯特的幾乎無一彈完，如肯普夫（Wilhelm Kempff, 1895-1991）（DG）、阿勞（Claudio Arrou, 1903-1991）（Philips）、海布勒（Ingrid Haebler, 1926- ）（Philips）所錄的舒伯特鋼琴集均只錄了一部分，較近的席夫（András Schiff, 1953- ）（Decca）版也欠缺完整，在世面要找一家大師級的演奏家所彈的舒伯特鋼琴全集，有點戛戛乎其難的感覺。

何以致之？不見得說得清楚。也許是因為舒伯特的鋼琴作品太長了，而作品與作品之間的相似度又太近，沒有鋼琴家有這份耐心把它全部彈完，這個理由有點牽強，但除此之外無法

冬夜繁星

解釋，總之目前的「結果」就是如此。我這樣說，不是說他的鋼琴作品不好，舒伯特的鋼琴曲有他的特色，他的鋼琴作品充滿了歌唱的意味，可以說是他歌曲藝術的延伸，自有迷人處，也許「動態」範圍不是很大，起伏也不是很強，「落日照大旗，馬鳴風蕭蕭」不是他要表現的，他的作品，給人一種面對波影浮光的感覺，幽美、潔淨又帶有一點點的憂傷，聞之可以清心明目，也是音樂中不可或缺的好作品。

　　再談舒伯特的交響曲作品。舒伯特有九首交響曲（包括第八號《未完成》及第七號雖寫就但未配器），另有第十號只有草稿，還有兩個D大調交響曲只寫了片段，整體來說，舒伯特在世只活了三十一年，他的生命可以說是「未完成」的，他的交響曲也可如是觀。因此一般號稱舒伯特交響曲全集的唱片，其實都不完整，大多只錄了八首，也就是空下第七號未配器的那一首，第十號與只有草稿的兩首當然不包括在內。

　　全部蒐羅完全的只有一種，就是馬利納（Neville Marriner, 1924-）指揮聖馬丁樂團（Academy of St. Martin-in-the-Fields）演出的版本（Philips），第七號由後人配器「完成」，其他兩首草稿則照其舊譜演出，當然都是殘篇。演出八首的「全集」則以貝姆指揮柏林愛樂演出的版本（DG）為最優，貝姆的個性溫文儒雅，與舒伯特作品的氣質最為吻合，這套唱片錄得十分謹嚴，毫無賣弄，應該是最值得推薦的唱片。其次阿巴多指揮歐洲室內樂團（Chamber Orchestra of Europe）演出的版本（DG）也很不錯。舒伯特的交響曲中，以第八號《未完

舒伯特之夜

上：布倫德爾所彈舒伯特鋼琴曲。
下：貝姆指揮柏林愛樂演奏的舒伯特交響樂全集，其中對舒氏交響曲有詳細的考訂。

成》、第九號《偉大》最受青睞，演出的機會也最多，世上重要樂團與大指揮家幾乎都出有唱片，我已記不得到底聽過幾種了，記憶較深的是以演出莫札特交響曲知名的馬克拉斯（Charles Mackerras, 1925-2010）所指揮一個名叫啟蒙年代交響樂團（Orchestra of the Age of Enlightenment）演奏的版本（Virgin）。

文末所記的D956的D大調弦樂五重奏，也是很熱門的曲子，我常聽的是梅洛斯弦樂四重奏（Melos Qt.）加羅斯卓波維奇演出的版本（DG），是一次很好的演奏。

舒伯特之夜

15 聽布拉姆斯的心情

　　誰是貝多芬之後最「偉大」的作曲家？提出這問題，令人不由得不想起布拉姆斯（Johannes Brahms, 1833-1897）。

　　布拉姆斯是嗎？答案有點猶疑，我們只能找可以與他比較的人，看看哪一個更為「合格」。與貝多芬算是同時，年齡稍後的有舒伯特，而且在樂壇後輩作曲家之中，他是唯一見過老貝的人，舒伯特的交響曲也有九首之多，所作的鋼琴奏鳴曲與室內樂在數量上也不少，尤其他是「歌曲之王」，平生所寫的藝術歌曲有六百多首，在此領域，無人望其項背。不過我們的問題不是數量而是偉大，舒伯特夠偉大嗎？這答案也不容易，喜愛舒伯特的人，在心中真覺得他是偉大的，但如果要拿來跟貝多芬比，就很少有人還能保持堅定了，因為不論交響曲或室內樂，在「深度」而言，他是頗遜於貝多芬的，至於歌曲，貝多芬作的不多，在此領域無法比較。

聽布拉姆斯的心情

183

不只舒伯特，在舒伯特後面的作曲家，譬如舒曼、孟德爾頌、李斯特都很傑出，作品都有自己的風格特色，在某一方面當然有領袖群倫的作用，但用「偉大」的特質來衡量，總覺得還少了一點。如果只用交響曲做權衡的標準，比布拉姆斯略大的布魯克納（Anton Bruckner, 1824-1896）可以算得上雄崎宏偉，他的九首交響曲體制龐大，尤善用銅管，常造成極大的氣勢，但「雄崎宏偉」能否算成偉大還是一個問題。同樣以交響曲來論，馬勒與蕭斯塔高維契（Dmitri Shostakovich, 1906-1975）算是了不起的作曲家，作品在數量上有的與貝多芬等量齊觀，有的還多過了貝多芬，但在布拉姆斯前面，他們都是後輩，真要輪到還得等一等，何況，不論從性格與作品來討論，他們與貝多芬還有段相當的距離的。另外華格納無疑是極重要的作曲家，而他的重要成就是德語歌劇，與貝多芬的性質不同，貝多芬只有一首歌劇，算起來，貝多芬他的歌劇不算頂重要。所以當我們思考貝多芬之後誰最「偉大」，布拉姆斯便自然浮出眼前。

　　布拉姆斯的作品數量並不算多，他有四首交響曲，鋼琴協奏曲兩首，小提琴協奏曲一首，小提琴與大提琴「雙重」協奏曲一首，其他室內樂的作品，譬如弦樂四重奏、五重奏，鋼琴三重奏、五重奏，還有鋼琴奏鳴曲、敘事曲、詼諧曲、變奏曲都有，數量上也並不多，合唱與聲樂歌曲也都有，聲樂歌曲有兩百多首，算是多了，但與當時或較早的歌曲創作家而言，這個數目也算普通。整體上論，布拉姆斯不是個多產的作曲家，

冬夜繁星

他不像蕭邦那樣有「詩意」，也不像李斯特那麼有自信，認為自己的樂思「不擇地皆可出」，又不像舒曼那樣的神經衰弱，喜歡幻想，他比舒曼頑強一些也理性一些，而個性矜持又堅定，不容易妥協。布拉姆斯的作品，不見得都是絞盡腦汁之作，但都是經過層層思慮，從不輕易發表的那種，布拉姆斯是個比較嚴謹的作曲家。

布拉姆斯的性格從不開朗，他的作品也是。如果以天氣為況，布拉姆斯的天空總是堆積著層雲，好像從未消散過，有時候一片墨黑，眼看雨快要落下來了。所以聽他音樂的時候不能用聽莫札特的方式聽，覺得用聽莫札特的方式聽，總會聽漏了哪些部分，聽他作品時，你得正襟危坐著好好的聽，心情很難真正的放鬆，聽過的結果，也往往是沉重的較多。

這也很好，音樂不都是娛樂的性質，有的藝術讓你放鬆，有的藝術讓你緊張，人生原就在這樣一緊一鬆之中度過，所以布拉姆斯的緊張與嚴肅並沒什麼不好。而且這種緊張與嚴肅不見得是布拉姆斯有意「製造」出來的，而是源自他的性格，他1880年在接受德國布雷斯勞（Breslau）大學頒授榮譽哲學博士學位時曾寫下一首《大學慶典序曲》（*Akademische Festouvertüre*, Op.80）做為答謝，這首曲子集合了幾首當時流行於大學社團的歌曲與民謠，節奏昂揚輕快，是布拉姆斯少數開闊又令人興奮的樂曲，想不到就在同一年，他又緊接著寫了一首《悲劇序曲》（*Tragische Ouvertüre*, Op.81），毫無理由的，別人問他原因，他說：「我不得不寫這首悲劇序曲，來滿

足我憂鬱的本性。」大約《大學慶典序曲》太熱鬧太喜氣了，他想平衡一下自己的情緒，也想平衡一下他音樂的氣氛，原來憂鬱是布拉姆斯的本性。

布拉姆斯雖然只有四首交響曲，而每首都是嚴謹又充滿思想的作品，比起他的前輩大師貝多芬的九首交響曲，一點都不遜色，從某些角度看，貝多芬的九首交響曲，還有比較不是那麼用心的地方。無論從哪方面來說，貝多芬寫第四號、第八號，沒有傾全力於其上是事實，他的第一與第二號也多少有點少不更事味道，所以白遼士在聽他第一號交響曲的時候說：「這還不是貝多芬，但我們很快會看到。」白遼士很委婉，他認為第二號交響曲之前的貝多芬還算不上是貝多芬，當然也有不同的意見，但貝多芬的這四首交響曲與其他幾首比較，分量不是那麼重，顯然也是事實。

而布拉姆斯卻不然，他的四首交響曲都是重要的作品，以第一號C小調（Op.68）這首而言，從構思到寫作完成，前後花了二十一年的時間（1855-1876），真是「昔為少年今白頭」了，可見他是個苦思派的藝術家，一切不作輕易的打算。這首交響曲第一樂章起始就由定音鼓連續敲出，很像貝多芬的第五號《命運》的開始的規模，結束的部分，也有些許貝多芬第九號《合唱》的意味，同樣有從黑暗步向光明的暗示，所以有人把這首交響曲戲稱「貝多芬第十交響曲」，半是開玩笑，半是合理的，因為布拉姆斯寫交響曲的時候，心中確實常常浮現貝多芬的影子。

冬夜繁星

但布拉姆斯畢竟不是貝多芬，貝多芬當然在乎自己的作品，但對於「控管」，他不熱中，也不積極，貝多芬對自己最不滿意的作品，並沒有「消滅殆盡」的計畫，所以今天得以見到的貝多芬的作品，水平並不算很整齊，這對研究貝多芬或音樂史的人來說，反而是資產之所在，因為有起伏才可見高潮，有暗處才可襯托出光耀。在這方面，布拉姆斯太內向又太嚴肅了，他不容許自己有不夠分量的作品出現，所以寫一首作品花的時間也許不多，而接下來又刪又改的，往往拖了很久，這是他作曲的常態，他的作品不多，這是其中的原因，老貝的九首交響曲，如果經過布拉姆斯的「筆削」，恐怕也只能剩下四五首了。

　　據說布拉姆斯在寫完第四號交響曲時，還有第五、第六號的打算，但因為寫作太耗神，自己身體禁不起折騰而作罷。也有音樂史家說，布拉姆斯雖只寫了四首交響曲，卻已把交響曲的所有面向表露殆盡了，宏壯與幽微，簡約與繁瑣，還有古典樂派的所有對位和聲以及樂團樂手的各項演奏技巧，都呈現得淋漓盡致，所以是夠了。另一派分析家以為，布拉姆斯的四首交響曲可以當一首交響曲來看，他的第一號C小調氣氛雄偉，第二號D大調清秀又抒情，第三號F大調接在第二號後面，像是對比強烈的詼諧曲，而第四號E小調，則反躬自省，顯示無比的內在張力，這四首交響曲放在一塊，正像一大篇議論宏肆的文章，「起、承、轉、合」一項都不少。

　　話是這麼講，但連續聽四首布拉姆斯的交響曲，是非常不

聽布拉姆斯的心情

187

適合的，主要是這四首曲子，相對於其他音樂都艱深了點，放在一起聽，是會消化不良的。最好的方式是一次聽一首，聽前最好能排除雜務，而且需要選擇自己神志清明的時候。布拉姆斯的交響曲不能只選擇主旋律，它的副旋律與和聲，還有極輕微的轉折都充滿了苦心孤詣，不容輕忽。

因此聽布拉姆斯是挺累人的。還不只是聽他的交響曲而已，他的兩首鋼琴協奏曲、一首小提琴協奏曲及為小提琴與大提琴所寫的協奏曲莫不如此，相對他的室內樂、鋼琴獨奏作品就顯得緩和輕鬆一些，但也是「一些」而已，比其他作曲家的同類作品，還是艱深不少。

他的艱深與克己，還有他強烈的復古主張，在當時受到很多人對的責難，華格納就說他「偽善」，哲學家尼采與稍後期的文學家羅曼‧羅蘭（羅曼‧羅蘭也是音樂史家）對他很不友善，罵他的言詞十分強烈，這是因為布拉姆斯老是對當時流行的浪漫革命思潮不以為然，人又孤僻，自築壁壘不願與人溝通的緣故。

過了一個多世紀看來，我覺得有布拉姆斯很好，世上總要有些艱深的事來讓人探索，人如只曉得「錢來伸手、飯來張口」的簡便，就都成了廢人，還談什麼文明與文化？但人也不能總是緊繃著，所以天高日暖如莫札特的也有好處，他教人舒展放鬆，而有苦心孤詣如布拉姆斯的也有好處，人生的風景不只是晴天，也應該包括暗雲堆積的壞天氣。

布拉姆斯晚年（大約指他五十五歲之後），有一點放鬆自

冬夜繁星

DGG出的布拉姆斯全集本。

己的傾向，他不再把所有精神放在大又重的曲子之上，而寫了一些比較輕薄短小的小曲，多以鋼琴曲為主，譬如他為鋼琴所寫的《三首間奏曲》（*Drei Intermezzi*, Op.117）、《六首鋼琴小品》（*Sechs Klavierstücke*, Op.118）及《四首鋼琴小品》（*Vier Klavierstücke*, Op.119），都有簡化的痕跡。這時的布拉姆斯可能已洞察到人生的各種可能，曉得以簡馭繁了，早年作品的繁瑣與堆積，呈現了藝術的各種風貌，卻也失去不少，人最後還是掙脫層層束縛的好，也許他是這麼想的。他晚年的作品不多，體制也不大，但大音聲稀，件件直達天聽，應該是悟道之後的結果。

聽布拉姆斯時的心情，當然要保持寧靜，要耐得下布拉姆斯把各種不同樂音的重新組合，有的是古典時代的規矩，有的則是他的獨創。有人聽音樂是為了求得安寧與愉快，這樣不算錯，音樂當然可以給人安寧與愉快，但安寧與愉快不是音樂唯一的目的。偉大的音樂是藉著樂音的提示，讓我們思考一些平常被假象遮蔽，不易看清的事，這些事有些很美，有些不美，世上本是美醜互見的。我們必須透過這種重新的認識，來體會世界之廣之深，了解人性之豐富多變。藝術的偉大，往往在提供這種可能，音樂也如是。

冬夜繁星

16 馬勒的東方情結

　　西方音樂家中，對死亡最有體會也最為恐懼的是馬勒，也因為最恐懼死亡，所以他的曲子中不斷透露出追求永恆、超越生死的這個主題。表現這個主題，往往借重宗教，或者依靠一種自己完全不能把握的玄思，以馳騁想像，脫離恐懼，這就是本文要談的「東方情結」。借重西方宗教的，可由他的幾個交響曲尤其是第二號《復活》與第九號看出來，借重東方玄思的是以他的《大地之歌》（*Das Lied von der Erde*）最具代表性，當然還有許多其他的材料，這件事相當複雜，一下子不見得說得清楚。

　　馬勒（Gustav Mahler, 1860-1911）出身在捷克布拉格附近的猶太家庭，在他出生的時候，捷克是奧匈帝國的一部分，所以馬勒與莫札特、舒伯特在身分上一樣都算是奧地利人，但他與莫札特、舒伯特不同的是他並不出生在奧地利的本土。他所

出身的捷克有自己的語言與文化，而且與奧地利的語言文化相去甚遠，而且馬勒又是猶太人，猶太人又有自己的文化與語言，也與說捷克語的人不同。回過頭來說奧地利，奧地利不是德國，但奧地利人說的是德語，所以德國文化與生活價值深深影響到奧地利人身上，說德語的奧地利人也常以廣義的德國人自居（希特勒即出生於奧地利），然而德國本土人對這被稱為「東方國家」的奧地利不見得是那麼尊重（奧地利的德語稱作Österreich，即東方國家的意思），所以奧地利人雖有德國情結，對德國的認同也不是那麼順理成章。

馬勒居於此，真是情何以堪，所以馬勒的「故鄉認同」是他生活上的最大問題之一，嚴格說來，他既不是德國人，也不是奧地利人，甚至也不算是捷克人。他曾說：「作為一個波希米亞出生的人卻住在奧地利，作為一個奧地利人卻生活在德國人中間，作為一個猶太人，只有屬於整個世界。」馬勒的音樂確實屬於世界，但在屬於世界之前到底要歸屬何處，是馬勒的困惑，也是音樂迷的迷惑。馬勒口中說的自己的音樂屬於整個世界，當然有更高的層次，但這話說得顯然不是那麼心甘情願。

這是籍貫歸屬的問題，馬勒還有宗教上的問題。他出身在猶太家庭，天生就是個猶太教徒，但他在三十七歲那年突然宣布飯依天主教，對猶裔人而言，這是一個令人不可思議的舉措。也許與他想在維也納發展有關，因為在奧地利天主教是最大的宗教。馬勒也在其後的十年真正的發光發熱，成就非凡，

冬夜繁星

是不是與他改信天主教有關係，我們不能妄下斷語，但是兩個宗教之間的衝突必然也成了自己的衝突，尤其馬勒作品中有許多與宗教相關的地方，譬如死亡、救贖或復活，兩派宗教在這些方面的解釋是不盡相同的，他在這方面的困擾，想也不少。

　　複雜的身世背景、糾葛的宗教信仰與起伏不定的情緒，一直左右著馬勒的創作。他如果是一個一般的藝術家，早被四周的困難險巇所徹底擊倒，但奇怪的是那些險巇卻成了他創作的泉源，使他一部接著一部，將更艱深、豪華又龐大的交響曲推出來。說他音樂豪華並不誇張，在他的前輩音樂家，只能寫些鋼琴伴奏的歌曲，好讓一些落拓的歌手隨興唱唱，博取一些零碎的掌聲，舒伯特、舒曼、布拉姆斯莫不如此，但馬勒哪怕最簡 單 的 歌 曲 ， 最 哀 傷 的 《 悼 亡 兒 之 歌 》（*Kindertotenlieder*），也是由龐大的交響樂團伴奏的，以場面而言，豈不是豪華無比嗎？

　　我們都不記得聽過馬勒的鋼琴曲，也沒聽過他用鋼琴做伴奏樂器的歌曲，他創作的都是極為大氣的交響樂，不僅如此，他的交響樂的編制極大，還揮霍無比的動用幾個合唱團，加上管風琴與獨唱家共同演出，譬如他的第八號交響曲《千人交響曲》（*Symphonie der Tausend*）。究竟何以致之？這是因為馬勒的遭遇好，他在音樂界出頭的行業是指揮，在起初，作曲只是他的副業，中年後他的交響樂蜚聲樂壇，他規定自己秋冬指揮、春夏作曲，他可以利用這個機會練習交響樂的各種配器法，明察各種樂器的不同音色，還有空間甚至溫度與聲音的關

馬勒的東方情結

係，他把這些經過反覆實驗的結果運用在自己的音樂之中，他比其他關在門裡作曲的音樂家有更多機會接觸到音樂（包括音響）的實體，而非只是概念。

所以聽馬勒音樂，不能全從純音樂的角度去聽，還須從他把交響樂變大變厚、玩聲音的魔術方面去聽。他把樂器與人所可能發出的所有聲響都蒐羅殆盡，然後選擇適當的放進他的樂曲之中，有時很滿意，有時覺得不宜，他很多的樂曲其實有實驗的性格，所以往往一首曲子到死了還沒有「定本」，或者早有定本了，卻又有改本，弄得後死的朋友與學生有事可忙，朋友如理查‧史特勞斯，學生如布魯諾‧華爾特。

在1902年，正在馬勒沉醉在他創作高峰的「黃金十年」中，他讀了德國詩人呂克特（Friedrich Rückert, 1788-1866）的一組叫作《悼亡兒之歌》的詩，感動不已，便為它譜曲成歌曲。令人匪夷所思的是他在構思譜曲的時候，正是他一生最甜蜜美滿的時候，當年年初他與小他十九歲的愛爾瑪（Alma Schindler）新婚，年底長女瑪麗安娜（Maria Anna）出生，他覺得極大的幸福。但馬勒是個極為敏感又矛盾的人，當他艱難時也許能涉險如夷，而幸福來臨時卻反而惶恐難安，害怕那脆弱的幸福會隨時消失。《悼亡兒之歌》可能在這種心態下寫成。

想不到一語成讖，他的恐懼竟成為事實，他的長女在五歲那年因猩紅熱而死。這個打擊比什麼都大，他後來也經診療發現有嚴重的心臟病，但他的幾部大而重要的作品都已完成，自

冬夜繁星

此之後，在交響曲上他只須再完成第八號與第九號，還有那個影響深遠的介於交響曲與歌曲之間的《大地之歌》，他的一生創作，就算都告成了。

回頭來看《悼亡兒之歌》。這組詩的作者呂克特是德國十九世紀中葉的重要詩人，他曾熱心東方知識，翻譯過部分《詩經》為德文（呂克特不懂中文，不知如何翻譯？不過在他的時代，歐洲人對東方產生了濃厚的興趣，這類譯作論述很多，德國萊布尼茲、法國伏爾泰都是例子）。呂克特的這組《悼亡兒之歌》的詩，原是為自己早逝的兩個兒子而作，但馬勒讀了別有會心，將它譜曲後，那個一般人避免惟恐恐不及的凶耗居然落到自己頭上，是「始料未及」或是「始料已及」？這是個心理學或者玄學上的議題，一般很難討論的了。

然而這組歌曲，馬勒為它確是用了心思，歌詞令人觸目驚心，而曲調又充滿警策與哀傷，確實令人不忍卒聽。譬如其中第三首〈當你親愛的母親進門時〉（*Wenn dein Mütterlein tritt zur Tür herein*），其中的句子是：

> 當你親愛的母親進門時，
> 我轉頭望她。
> 我的目光沒有落在她的臉上，
> 而是落到門邊的那個地方，
> 那個你可愛小臉曾出現的地方，
> 當你也是那樣愉快的站在門邊，

馬勒的東方情結

195

跟著她走入房間，
就像往常一樣。

第四首〈我總是以為他們出門去了〉（*Oft denk'ich, sie sind nur ausgegangen*），其中有句：

我總是以為他們出門了，
會很快回來的。
那天天氣好，
不要想太多，
他們只是走遠一點。

光是詩句，就令人盪氣迴腸的了，好詩在描寫大場面的時候也得注意極細小的地方。前首詩中說母親回來了，作者注意的不是母親，而是她旁邊沒有跟著的孩子，幻想與往昔一樣，孩子跟著母親走入房間。後首詩明明知道孩子已去，卻想他是與別人一道出門玩了，不久就會回家，歌中屢屢強調天氣晴朗，不用害怕（Der Tag ist schön, o sei nicht bang），其實驚濤駭浪藏在更深的心中。五首歌中許多出門入門、遠遊回家的意象，其實孩子出門與遠去是事實、而入門回家是在蒙蔽自己，越是寬慰的句子，越是令人悚然。這五首歌其實是為失去孩子的父親寫的，所以適合男性歌手來唱，但奇怪的是由女性歌手唱來，更覺哀動天地，聞之慘然。德國女中音露德薇希

（Christa Ludwig, 1928- ）（DG）與英國女中音珍納‧貝克（Janet Baker, 1933- ）（EMI）都有很好的錄音，男中音則有費雪—迪斯考（DG）等人的版本，其他可供選擇的唱片尚多，就不一一列舉了。

　　孩子死了後，馬勒與妻子的關係也陷入低潮，他深受打擊，他一度落進無法自拔的心理危機，而求助於精神治療（1910年，他在維也納曾求助於有名的心理學家佛洛伊德）。同時他對源自東方的那種講求因果、輪迴的思想產生了興趣，雖然似懂非懂，當他看到當時市面上一本名叫《中國之笛》的德譯唐詩，便十分著迷，他選用了其中幾首，將它譜成以管弦樂團合奏的歌曲（也可視為夾雜著歌曲的交響曲），便成了他有名的作品《大地之歌》了。

　　這首《大地之歌》寫於1907年到1908年之間，算是馬勒晚期的作品。馬勒原先構思這個作品，是把它當作交響曲來處理的，他在此之前已經寫了八首交響曲，馬勒交響曲，受到華格納歌劇的影響，編制都極為龐大，中間夾雜人聲，或獨唱或合唱，這首《大地之歌》依序應該是他的第九號交響曲。但據說馬勒在決定序號的時候有點迷信，貝多芬、舒伯特、布魯克納和德弗乍克都在寫完第九號交響曲之後不久死了，為了避免這個不幸，他在《大地之歌》這題目後面，寫下這個副題：「為女低音、男高音及大型管弦樂團所寫的交響曲」，而略去「九」這個不吉的數字。

　　然而如果是命運的話，任誰都是躲不過的，馬勒終其一生

馬勒的東方情結

雖有十首交響曲，而編號第十的交響曲並沒有完成，他一定後悔沒把《大地之歌》算進去，他總共完成了的，還是九首交響曲罷了。

《大地之歌》所引的唐詩，不知是原譯者貝特格（Hans Bethge）搞混了，或是馬勒採用錯了，現在從所附的德文歌詞間大多無法還原。據說馬勒用了李白的幾首詩，還有錢起的，王維與孟浩然的詩，反正無論從正面看、從側面看，都很難看出作者是何方神聖。不過經「專家」指點之後，還是有些痕跡可尋的，譬如第五首德文名作「Der Trunkene im Frühling」，直譯可作「春日的醉客」，是從李白詩〈春日醉起言志〉「演變」出來的，這首詩原是五言古詩，詩曰：

處世若大夢，胡為勞其生？
所以終日醉，頹然臥前楹。
覺來眄庭前，一鳥花間鳴。
借問此何時？春風語流鶯。
感之欲嘆息，對酒還自傾。
浩歌待明月，曲盡已忘情。

這首詩透露出一種道家式的達觀與睿智。西方當時流行的一種浪漫主義，認為人的意義在超越世界、超越自我，尼采的超人哲學就是代表。但若知道人生有一種極限，是任誰也無法超越的，譬如形體的困窘與生命的短促，超人對之也只有束

冬夜繁星

手，既然如此，就不如乾脆不去超越，而以欣賞的姿態來安性順志，李白這首詩前幾句：「處世若大夢，胡為勞其生？所以終日醉，頹然臥前楹」，就是這個意思。飲酒也是一種方法，酒可以使人忘卻痛苦，以與不能超越的現實妥協。馬勒在引用這首詩的時候，不知是否也藉飲酒來忘掉他遭遇的一切。《大地之歌》的最後一首歌拖得極長，唱完要二十五分鐘以上，大約是古典時期一整首交響樂的長度。這首歌的題目是〈告別〉，引用的可能是孟浩然的一首詩與王維的一首詩，孟詩看不太出來，而王詩原名〈送別〉，在唐詩中算是一首名作，這首詩是比較可以看出來的，王詩曰：

下馬飲君酒，問君何所之？
君言不得志，歸臥南山陲。
但去莫復問，白雲無盡時。

　　王維以詩為朋友送別，朋友要到南山去隱居，因為他在世上不得志呀。馬勒在歌詞中借著朋友的口吻說：「我要到一個地方，讓我孤獨的心靈得到安寧。」（Ich suche Ruhe für mein einsam Herz.）他把王維最後一句「但去莫復問，白雲無盡時」翻成長長的句子，再譯成中文，成了：

這可愛的大地，
布滿春天的繁花與綠裝，

馬勒的東方情結

上：伯恩斯坦指揮維也納愛樂演出的《大地之歌》，這個版本與其他人演出的有很大的不同，女高音演唱的部分由男高音取代。

下：鄧許泰特指揮的馬勒全集。

無際的天空，
到處都無盡的放著藍光，
永遠，……永遠，……

　　當然，這樣的解釋與原詩的含意相差很遠，但馬勒的理解
就是如此，令他感動的也是如此。馬勒當時一定體會到東方哲
學的某一部分，生命的現象是短暫的，但不妨礙它的意義是永
恆的，個人的生命可以擴展到世界乃至宇宙的層次，從這個角
度看個人生命，個人的一切悲歡得失，都細瑣得不值得道及
了。

　　兩首詩的交替時候，交響樂的主題一度像送葬一般的，低
沉憂傷得令人窒息。但在進入王維詩的時候，就變得天朗氣
清，空氣一下子透明了起來，尤其在女低音在唱「永遠、永
遠」（ewig,... ewig,...）的時候，似乎聽到那個人不是與朋友告
別，而是在與自己訣別，訣別後的自己逐漸融入大地，當一個
人與大地融成一體的時候，這時的人生，才有「永遠」的可
能。

　　馬勒試圖以他所知的東方、中國的思想解決自己的問題，
問題是否解決了，其實沒人知道。不過從《大地之歌》最後一
首歌〈告別〉描述看來，繁花綠葉一片，那世界到處泛著無盡
的藍光，底子是愉悅的，在這種空氣中與人「告別」，心情是
悠緩與平靜的，沒有往常的波瀾起伏，可見東方或中國思想，
還是在提升生命境界上有所作用。這首曲子在他生前，沒有演

出的機會，看起來是完成了，而是不是真正完成，也沒人敢確定，直到1911年年終，馬勒在維也納病逝半年之後，才由他學生布魯諾・華爾特指揮在德國慕尼黑首演。

　　提起這首曲子的唱片，令人無法不提華爾特的錄音，他是馬勒的學生，也是《大地之歌》首演的指揮家，他的詮釋應該最得馬勒的精髓，但1911年的首演錄音無法取得，世面能找到的是他1952年的單聲道錄音（DECCA）。這張唱片十分傑出，樂團是維也納愛樂，而擔任女聲的是著名的女中音費里爾（Kavhleen Ferrier, 1912-1953），擔任男聲的是男高音帕查克（Julius Patzak, 1898-1974）。全曲中女中音（或由女低音擔任）的分量要比男高音重，女歌手費里爾，生前以詮釋馬勒的歌曲（尤其是《大地之歌》）最受人肯定，這張唱片是她在抗癌病中的最後的錄音，堪稱「千古絕唱」。另外指揮克倫培勒（EMI）、卡拉揚（DG）、伯恩斯坦（Decca）、朱里尼（Carlo Maria Giulini, 1914-2005）（DG）與海汀克（Bernard Haitink, 1929-）（Philips）都有很好的唱片，值得擇要欣賞。

冬夜繁星

17 幾首艾爾加的曲子

　　有一次無意的在電視上看到一部描述愛爾蘭共和國建國歷史的電影，電影中的男主角是一個名叫艾略特的青年，他是愛爾蘭革命軍的英雄，後來被當時的政客派往倫敦與英國談判，談判的結果是英國允許愛爾蘭人建立愛爾蘭自由邦，而北愛仍由英國統治。這結果讓許多愛爾蘭人失望，愛爾蘭人的希望是北愛不分裂出去，而且立即建立充分獨立的共和國，但連年爭戰，愛爾蘭師老兵疲，完全沒法以實力為籌碼，要求英國俯允。艾略特認為好不容易爭取到的和平對愛爾蘭有利，政治上的長遠目標，不可能短期達成。這時不同的政見分成兩派，公民投票的結果是主和的一派大勝，艾略特隨即成為這一派的領袖，反對的一派就集合勢力與他對抗，形成內戰。故事結束是艾略特準備與相愛的女子結婚，而他又正要與政敵展開談判的時候，在路上被埋伏刺殺身亡，那是上世紀1922年的事，艾略

特死時才三十歲。

電影的色調很低暗，演艾略特的男角臉色深沉，如果不是電影最後字幕打出主角死時三十歲，絕想不到故事中的他是那麼年輕。令我印象最深的並不是電影裡劇情起伏，也不在演員是如何稱職等的事，令我陷入沉思的是電影快結束時，男女主角經過一個像露天商場或公園的地方，路上行人不斷，圓亭中有幾個穿軍隊制服的銅管樂手正在演奏一首熟悉的音樂，那不是艾爾加（Edward W. Elgar, 1857-1934）的那首名叫《「謎」的主題與變奏曲》（*Variation on an Original Theme 'Enigma, Op.36*）嗎？

那原本是一組由大型管弦樂團所演奏的曲子，由一個主題加上十四個變奏組合而成，這是我第一次聽由幾個銅管樂手奏出，想不到竟也委婉有致。作者最早給它的題目是「自作主題的管弦樂變奏曲」，不知為什麼在總譜第一頁印了一個「謎」字，後來就被叫做《「謎」的主題與變奏曲》了，但這個字如不是作者自署，總譜上怎可能有呢，這一點可能是艾爾加故弄玄虛。有一次艾爾加解釋道：「我為了讓十四位不全是音樂家的朋友覺得有趣，自己也覺得好玩，便把他們的特徵用變奏的方式寫出來，這是私事，沒有必要公布周知。」又說：「你必須把這首變奏曲看成純粹的一首曲子，不必去猜謎底，我必須提醒，那些變奏與主題，外表關係是單薄的，整個曲子從頭到尾，應該有一種更大的主題，儘管它不曾露臉。」照作者的說法，整首曲子確是一個欲蓋彌彰的謎語，不過謎底作者從來不

冬夜繁星

曾揭露罷了。

　　電影用這一段音樂，只有短短不到半分鐘的時間，但在整個劇情上可能有啟發的作用。人生像是一道謎題，謎底是什麼，就算生命結束，也不見得能立即揭曉。革命也是一樣，權力與理想糾葛，結局是勝是敗，非到最後一刻看不出端倪，而就算看出端倪也沒有什麼用處，因為在我們的頭頂，還有更大的謎團，這也許是製作電影的人想表達的看法。

　　艾爾加是十九與二十世紀之交英國最重要的作曲家，前面說的《「謎」的主題與變奏曲》作於1898年至1899年，在那前後，是艾爾加創作的盛年，他極重要的幾部管弦樂套曲也是寫於這一段時刻。他更膾炙人口的作品是幾個進行曲，寫作的時間並不統一，後來被編成一套，取名《威風凜凜進行曲集》（ *Pomp and Circumstance Marches* Op.39），其中第一首最為重要，寫於1901年，這首進行曲的第二個主題，後來又被取名為〈希望與光榮的土地〉（ *Land of Hope and Glory* ），幾乎已成了英國的第二國歌，也是許多學校開學或畢業典禮必定要唱的歌，提起英國的光輝，不得不令人想起這首曲子，這使得艾爾加在英國顯得十分重要。

　　當然艾爾加的貢獻並不在此，他本身是管風琴家，他的管弦樂曲都寫得很好，他年少時曾打算到德國萊比錫音樂院留學，因家境不夠富裕只好作罷，可見他對德國十九世紀中葉後的浪漫樂派大師十分憧憬。萊比錫音樂院是由孟德爾頌與舒曼於1843年創辦，後來周圍更聚集了李斯特、蕭邦以及更晚的布

幾首艾爾加的曲子

拉姆斯及華格納等人，當然在艾爾加少年時代，孟德爾頌、舒曼與蕭邦都已死去，李斯特、華格那與布拉姆斯尚在世，但都已不在萊比錫活動了，不過萊比錫對少年的艾爾加而言，仍是靈魂所歸之鄉。所以音樂史上說，艾爾加的音樂，是歐陸浪漫派的餘緒。

然而艾爾加的浪漫與他心儀的對象不同，英國人一向自以為比歐陸人冷靜又優雅許多，冷靜排斥激情，優雅不許頹廢，浪漫派傳到大霧瀰漫又濕又冷的英國，當然會有所改變。

這一點，在艾爾加的作品中可以看得出。艾爾加的作品，宏大優美，一點也不小家子氣，這是英國上自英皇下至一般販夫走卒都以他為榮的原因。他的音樂令人神往，他有浪漫派的激情，不過從未讓激情充分發揮，整體而言，他善於寫景，也會捕捉人的感情，不過以寫景與抒情作比較，他寫景的部分還是略勝過抒情的部分。聽他的音樂像一幕幕大幅的風景在眼前展開，海濤洶湧、旗幟飄揚，太陽從層雲中露臉，海鷗從低空掠過，他特別擅長表現像杜詩「落日照大旗，馬鳴風蕭蕭」的雄渾景象。他描寫的一切都精準而神采飛揚，不像另個比他稍晚的英國作曲家佛漢・威廉士（Ralph Vaughan Williams, 1872-1958），佛漢・威廉士也喜歡寫編制宏大的曲子，他的曲子比較渙散，焦點老是讓人抓不太著。聽艾爾加的音樂像透過萊卡（Leica）相機的觀景窗看世界，一切細節都看到了不說，還可以準確的掌握焦距，只要輕按快門，一張清晰又美麗的風景照片就出現了。

冬夜繁星

艾爾加有兩首交響曲，第一首降A大調（Op.55），寫於1907到08年，第二首降E大調（Op.63）寫於1910到11年。第二首原是為英皇愛德華七世所作，作品尚未完成英皇即駕崩，後來改成悼念之作。這兩首交響曲都是英國交響樂史上重要作品，但放在世界音樂史，還不算最重要。我認為其中的第一首無論氣勢與內含，都比第二首要強多了，雖然第二首是他的力作，由於要呈獻國君，免不掉有點拼湊出來的熱鬧，總有些斧鑿的痕跡，不如第一首的渾然。除此之外，艾爾加還有為小提琴與大提琴所寫的協奏曲各一首，也是音樂會上的名曲。他的B小調小提琴協奏曲（Op.61）寫於1909到10年，是題獻給當年最著名的小提琴作曲家及演奏家克萊斯勒（Fritz Kreisler, 1875-1962）的，而且在1910年的首演就是由克萊斯勒擔任，這首曲子旋律豐美，結構緊密，演奏須高深技巧。E小調大提琴協奏曲（Op.85）完成於1919年，是作者最後的一部大規模的作品。這首曲子與小提琴協奏曲一樣的結構綿密，與它不同的是全曲自始至終，沒有艾爾加作品一向的高亢明亮，反而瀰漫著一種淡淡的哀傷情緒。那種哀傷，並不是讓人心肺俱裂的悲痛，而是一種不太抓得到而確實存在的空洞，又像置身群山之間，四周回音不斷，試著找而永遠找不到發聲者的那種令人疲憊的孤獨。哀傷像空氣，看不見卻存在於每一個角落。

我印象最深的，不是聽他的《威風凜凜進行曲》，帝國的盛大與豪奢，充滿儀式性的節奏與旋律，不是中國人習慣的場景。他的《「謎」的主題與變奏曲》也是我熟聽的，當然他的

幾首艾爾加的曲子

交響曲與許多以管弦樂表現的氣勢很大的曲子，包括他有名的兩個協奏曲我都常聽，有人說過，艾爾加只要寫了那首大提琴協奏曲就確定不朽了，那幾個曲子對我而言，有的印象深刻，有的也很一般。有一天下午，天突然暗了，好像不久就會下雨，室內空氣停滯，令人昏昏欲睡，我在唱機放艾爾加的《海景》（*Sea Picture* Op.37），是巴比羅利（John Barbirolli, 1899-1970）指揮倫敦交響樂團伴奏，由女中音貝克主唱的那張。《海景》的第一首名叫〈安睡的海洋〉（*Sea Slumber-Song*），這首歌的起初幾句是低音，然後慢慢升高，貝克的低音寬厚宏博，有特殊的磁性，與別的獨唱家不同的是，她在唱高音的時候，故意把音量壓縮到最小最細，然而她聲音雖小卻還是能靈轉不歇的，像夢中的信天翁，在海浪築成的深谷與山壁間穿梭，眼看要落入崩塌的海水裡，一轉身，又見牠高高的飛了上去，……遠處有雷聲輕鳴，不知是唱片裡的或是唱片外的。這首〈安睡的海洋〉，讓我徹底的清醒。

冬夜繁星

18 英雄的生涯

　　怎麼說呢？每次聽理查・史特勞斯的音樂，都令人興起豪
壯盛大的感情，但這種感情有點沉鬱，不是很痛快，他有意要
你在聽了他的音樂之後深思，想想諸如個人與世界、意志與命
運等等有哲學意味的問題，這類問題沒有明確答案，因此，理
查・史特勞斯的音樂雖然有力量而總是不明朗。他與馬勒都算
是華格納的學生，馬勒繼承了華格納的纏綿悱惻，有時候包括
喋喋不休，理查・史特勞斯繼承了華格納的氣度與德國人的深
沉，德國人刻板又生硬，但一浪漫開來，就拋頭顱灑熱血的連
命都豁出去，什麼也不管了似的。

　　理查・史特勞斯（Richard Strauss, 1864-1949）應該是德國
或者世界最後一個浪漫派了。他雖是音樂天才，四歲學鋼琴，
五歲便能作曲，而他不是「正統」從音樂院出身，他青年時代
喜歡哲學，畢業於慕尼黑大學哲學系，曾經熱中於叔本華、尼

采，又偏愛文學，這從他後來寫的大量交響詩的題目看出來。譬如交響詩《唐璜》（*Don Juan* Op.20）根據的是奧地利詩人 N. Lenau的詩作，《馬克白》（*Macbeth* Op.23）是根據莎士比亞的劇本，交響詩《唐‧吉訶德》（*Don Quixote* Op.35），則是根據西班牙作家塞萬提斯（M. de Cervantes）的同名小說而作，而交響詩《查拉圖斯屈拉如是說》（*Also sprach Zarathustra* Op.30）則是根據尼采同名的作品寫作而成。

從浪漫派的觀點，他與馬勒算是志同道合的朋友，音樂出身的背景也很相同，他們同時都是指揮家兼作曲家，兩人起初交往頻繁，馬勒的第二號交響曲，據說是他指揮首演的（後來證明並不是），但他的性格與馬勒並不合，再加上馬勒死了後史特勞斯又多活了將近四十年，很多人把他當成與馬勒不同時代的人物看。馬勒雖然在維也納德語系統裡面生活作息，後來還入了奧籍，但他出生在捷克境內的波希米亞，有猶太人的血統，而理查‧史特勞斯是被認可的「正統」德國人，德國人從血統的角度看馬勒，感情是複雜的。而理查‧史特勞斯的下半生也風波不斷，馬勒死後二十餘年後，史特勞斯相傳出任過短期的納粹政府的「偽職」，為識者所笑，他後來與馬勒的學生同時也是指揮家的華爾特（Bruno Walter, 1876-1972）交惡，又與特別厭惡納粹與法西斯的指揮家托斯卡尼尼（Arturo Toscanini, 1867-1957）形同水火，都是因為他的納粹背景。

後來證明是冤枉了他。首先是他被任命為國家音樂總監這「官」職並沒有得到他的允許，是那時德國政府片面宣布的，

何況那時還是1933年，納粹還沒有成為世界上的「全民公敵」，他並沒有就職，他只不過沒有當機立斷的嚴詞拒絕罷了，這只證明他在政治上的優柔寡斷。後來歐戰起，他還因為「袒護」家庭中有猶太血統的成員而與納粹交惡。1948年，就在理查・史特勞斯死的前一年，源自紐倫堡大審的調查機構已證明他在納粹議題上的清白，幸虧他活得夠久，能等到這一天。不過，法律上與道德往往是兩回事，法律上無辜，並不能證明道德上毫無爭議，一些指責他的言論，並不因為這種澄清而有所改變。

音樂界的巨擘，在政治上也許是個侏儒，討論理查・史特勞斯，如果僅在納粹題目上打轉，也會混淆了事實，理查・史特勞斯是個音樂家，就應該從他的音樂來討論。他的大部分作品，成於他的中年之前，由於他享高壽，他的中年也就比一般人晚，1895年到1899年，正當理查・史特勞斯三十一到三十五歲，這是他創作最豐盛的時代，交響詩《唐・吉訶德》、《查拉圖斯屈拉如是說》及《英雄的生涯》（*Ein Heldenleben*, Op.40）完成在此時，加上早幾年寫的《馬克白》、《唐璜》及《死與變容》（*Tod und Verklärung*, Op.24），他寫的交響詩在數量上雖未超過另一個以寫交響詩著名的前輩音樂家李斯特，以「重量」而言，無疑已不在李斯特之下了。

交響詩（Symphonic Poem）又稱音詩（tone-poem），顧名思義是音樂中結合了文學的素材，有些是詩，有些是神話故事，也有小說與戲劇，通常是用交響樂的方式來表現。與交響

英雄的生涯

曲不同的是，交響曲自海頓之後，大致都遵守四個樂章的形式，有一點像作文要有「起、承、轉、合」的味道，而交響詩就自由得多，多數不分樂章，也有分樂章而不稱樂章，叫它「部分」，譬如《查拉圖斯屈拉如是說》全曲就由三個「部分」組成，也有全首曲子以主題與變奏的方式來呈現，譬如《唐·吉訶德》就是，它的副題是「一個騎士風格主題的幻想變奏曲」（*Fantastische Variationen über ein Thema ritterlichen Charakters*）。

表面上比交響樂更自由，但要用音樂來表現文學上的情境，技術上十分困難，所以在交響詩中，必須捨棄文學裡面複雜的情節，只選擇幾個大家所熟知的情緒，譬如高昂、低沉、快樂、悲傷來力求表現。它不像歌曲，可以藉歌詞來表達含意，也不是歌劇，有人物上場演出故事，它必須靠聲音的聯想來勾串意象。

刻意的以樂器的音色或特殊的旋律來描繪我們熟悉的事物，偶爾能達到普羅高菲夫（Sergey Prokofiev, 1891-1953）《彼得與狼》（*Peter and Wolf*）的效果，不過最大也僅能如此了。所以交響詩盡量少作景物細部的描寫，而多作心理狀態的啟發，這一點與抽象畫有點相像。交響詩的標題很重要，儘管有些交響詩沒有故事性的標題，如他的《前奏曲》（*Les Préludes*），但畢竟是少數，交響詩需要藉標題來凝聚聽者的思想，譬如李斯特的《奧菲斯》（*Orpheus*）與《馬采巴》（*Mazeppa*）、理查·史特勞斯的《查拉圖斯屈拉如是說》與

冬夜繁星

《唐‧吉訶德》等都是，假如沒有標題，聽的人無論如何馳騁想像，結果也可能與作者所想的南轅北轍。

這也是交響詩的困窘，標題啟發了部分想像，也限制了想像的發展，結果是一聽到《查拉圖斯屈拉如是說》，就會比較音樂中描寫「日出」的部分是否與真的日出「很像」，聽《唐‧吉訶德》裡的大提琴演出，就不得不想到代表的是荒謬英雄唐‧吉訶德，聽到中提琴就想到是那個蠢隨從桑科（Sancho Panza）、聽到木管樂器就想起吉訶德的夢中情人達辛妮亞（Dulcinea）……，當然對照比較也可能是一種快樂，不過，聽音樂一定要得如此嗎？

理查‧史特勞斯的交響詩寫得很好，不論旋律與配器法，他都運用嫻熟，幾乎每首作品都有炫技的成分。他與華格納一樣，善於運用銅管樂器，無論鋪敘盛大的情境或展現故事中荒謬的情節，銅管樂都擔當了重任，就以《唐‧吉訶德》來說，故事中的主角，不論把羊群或者把風車當成敵人，廝殺混戰的場面都以銅管樂來主持。在另一個交響詩《英雄的生涯》裡面，銅管樂更呼風喚雨，把音樂中的英雄圖像，朝無限的空間擴展，這時，音樂不再只是時間的藝術，好像同時兼有了空間的實體性格了。

但交響詩的極限也在此，音樂刻意要與故事結合，創造了新的表現方式，但也造成了音樂的損傷。音樂如過分依附文學，也會喪失自己完足的生命，要想魚與熊掌二者得兼，並不是容易的事。所以交響詩在李斯特與理查‧史特勞斯手上實驗

英雄的生涯

了一陣，到了二十世紀中葉之後，就沒有音樂家熱中於寫它了。

　　二十世紀的前半葉，也就是理查·史特勞斯還在的那個時代，還真算是音樂的黃金時代呢，人聲浩蕩，管弦爭鳴，譽滿天下，謗亦隨之，做人一點也不寂寞，他一死，十九世紀以下的浪漫派一個也不剩了。2008年是柏林愛樂交響樂團前任指揮卡拉揚前出誕生的一百周年，EMI唱片公司特別為他出了紀念唱片集，其中管弦樂有八十八張，歌劇與聲樂七十二張，真是洋洋灑灑，盛況空前。管弦樂部分其中有一張是理查·史特勞斯的《英雄的生涯》，有一天我在唱機放它。這是1974年的錄音，是卡拉揚在柏林愛樂最光輝的年代，卡拉揚一向注意錄音，這張唱片不論演奏與錄音都算是光彩絕倫的上乘之作。有人說《英雄的生涯》就是作者自己的寫照，理查·史特勞斯老是喜歡描寫英雄，不論是像超人般的查拉圖斯屈拉、荒謬英雄唐·吉訶德，或者是悲劇英雄馬克白，正如卡萊爾說的，所有的歷史只是英雄的歷史，而交響詩要表現的，除了英雄之外，還有誰更值得呢？

　　浪漫派給人們美麗的憧憬，帶來熱與希望，當然熱會冷卻，美麗會消退，希望也會變淡了，但總比從來沒有的好。理查·史特勞斯死了後，音樂繼續，不過中間的光與熱好像少了，二十世紀中葉之後，人們開始欣賞冷靜。

　　回憶少時的激情有時令人羞愧，因為它不夠成熟，有時又太過魯莽，但激情是年輕人的特色，當人年華老去，青春的一

冬夜繁星

切，包括曾有過的光與熱，還是讓人深深的懷念。我們再聽理查‧史特勞斯的交響詩，心情豈不是這樣的嗎？

英雄的生涯

19 理查‧史特勞斯的最後四首歌

　　有一個很冷的冬天夜晚，我與朋友在他房裡聊天，手中各握著一隻裝有威士忌的玻璃杯，我酒量很小，根本沒喝幾口，已有些醺然，現在已忘了當時所談的事了，顯然並不重要。但有一件事吸引著我，我聽到他從剛才就開著的收音機裡播出一段熟悉的樂音，悠遠的女高音，斷斷續續的，好像是理查‧史特勞斯的《最後四首歌》中的第三首名叫〈入睡〉的那一首歌。忙請朋友把音量開大，果然沒猜錯，可惜已快結束了，正好碰到有小提琴獨奏的那一段，獨奏完了，女高音重新加入，終於把曲子唱完。

　　那聲音好像來自洪荒，蒼涼悠遠，一聽就知道是Mono錄音，聲音不是很清楚，但掩不住歌唱家的專注，女歌手好像告訴我們，在一個有星光的夜晚，她要去睡了，歌聲中夾雜著沙沙聲，是早期錄音留下的，有點像風聲，正好切合我們當時的

處境，朋友房子的玻璃窗緊閉著，外頭有稀微的天光，看得到有樹影在搖動，顯然外面風勢甚緊。後來我才知道那是由挪威籍的女高音弗拉斯塔（Kirsten Flagstad, 1895-1962）唱的，伴奏的是由福特萬格勒指揮的愛樂管弦樂團，這個樂團由福特萬格勒指揮過一陣之後，就交給另一位大師克倫培勒來領導，開創了它的黃金時代。我聽的唱片是1950年在倫敦的錄音，也是這個曲子的首演，在那個時代，錄音技術還不好，但音樂家用功力與誠懇彌補了音響之不足。後來技術好了又怎麼樣呢？假如不是音樂而是噪音的話。

這組歌曲，理查・史特勞斯在1946年之後開始寫了其中的一部分，時斷時續的，到了1948年才算告竣，成了他有名的《最後四首歌》（*Vier letzte Lieder*）了。第二年1949年他就死了，這名字不是他自己取的，沒有一個人知道自己的死期，也不知道自己還會有哪些作品留下，這名字是別人取的，「最後四首歌」只不過把事實說出來，並沒有什麼其他的寓意。

但有「最後」字樣，讓人不得不注意。有一個說法是，理查・史特勞斯真正算最後的作品並不是這一組作品，而是另一首同樣是為女高音所寫的《骰子》（*Knobel*），寫於1948年的十一月，稱這四首為「最後」，顯然是錯了。這幾首歌原想為女高音與管弦樂所寫，並沒有想到一定有（或只有）四首，也許有第五首、第六首也說不定，只不過寫了這自成環節的四首之後，再也不寫下去，而且他寫完第二年的九月也確實死了。還有一個說法是，這四首不是按順序寫的，他首先寫成的是第

冬夜繁星

四首，後來才寫了前面三首，這四首的曲名是：

1、春天Fruehling（Hesse）
2、九月September（Hesse）
3、入睡Beim Schlafengehen（Hesse）
4、在夕陽中Im Abendrot（Eichendorff）

　　寫作的孰先孰後並不重要，但把這四首歌以現在的順序排列是有道理的，因為在艾韓朵夫（Joseph Karl Benedikt Freiherr von Eichendorff, 1788-1857，十九世紀德國詩人）的這首詩〈在夕陽中〉，最後幾句是這樣的：

哦，浩瀚而寧靜的和平！深深在夕陽之中。
O weiter, stiller Friede! So tief im Abendrot.

我們已疲於徘徊──難道這就是死？
Wie sind wir wandermude-iset dies etwa der Tod?

　　這首詩的結尾是死（Tod），死豈不是一切世事的最後結局嗎？放在最後十分適宜。前面赫塞（Hermann Hesse,1877-1962）的三首詩，先春天後九月，後面是入睡，也很合理。這四首歌雖只有第四首用了「死」這個字，但整體表現是憂慮多於欣喜，陰暗多於光明，其實是理查·史特勞斯晚年心境的寫照。

理查‧史特勞斯與馬勒是好友與同學的關係，馬勒是奧籍猶太人，出生在捷克布拉格（當馬勒的時代，捷克尚屬奧匈帝國），大部分時間在維也納，而理查‧史特勞斯是正統的德國人，他們年輕時都曾受華格納賞識與指導，算是華格納的學生，華格納的創作對他們都有很深的影響。

　　華格納善於把握人聲與樂器相結合的種種竅門，改變了歌劇的整體風格，在華格納之前，很少有莊嚴又帶悲劇意味的歌劇，大多數的歌劇是比較通俗的喜劇或鬧劇，到了華格納，歌劇成了崇高的藝術，而且帶著相當的哲學內涵了。受了華格納的影響，馬勒與理查‧史特勞斯都喜歡經營人聲，馬勒的交響曲中總會帶著一些獨唱或合唱的，理查‧史特勞斯嚴格說沒有什麼交響曲（他有一首《家庭交響曲》，但不太重要，另有一首《阿爾卑斯山交響曲》，一般將之視為「交響詩」），卻有許多重要的歌劇，氣魄之大，也可與華格納的媲美。他還寫了很多很重要的交響詩，這一點可說是受到李斯特的影響了。

　　理查‧史特勞斯與馬勒都對哲學有興趣，馬勒的哲學在探討宗教哲學中的生與死，而慕尼黑大學哲學系畢業的理查‧史特勞斯更衷情於歐洲浪漫派的哲學，譬如尼采等（他曾把《查拉圖斯屈拉如是說》寫成交響詩）。他們都在他們的音樂中把這份特好表現出來，使得他們的音樂，除了音樂之外，還有許多其他的部分可供追尋。

　　再加上他們對交響樂的編制與運作都十分熟悉，兩人很早就是歐洲幾個有名樂團的指揮，所作的作品不虞「試驗」與演

冬夜繁星

出的機會，所以兩人的歌曲，幾乎都「奢侈」的是由大型交響樂伴奏，比起前輩作曲家舒伯特、舒曼、布拉姆斯手邊只有架破鋼琴可用，不知幸運多少。

再轉頭來談理查・史特勞斯的《最後四首歌》。這組歌曲是他平生最後的作品，雖然他不見得有此自覺，然而代表他晚年的心境與思想傾向是無可置疑的。在作曲家而言，理查・史特勞斯是最長壽的人之一，八十五歲的生命，經歷了十九、二十世紀之交那種人類史上幾乎最大的變局（在歐洲，不論哲學、自然科學、藝術、音樂與文學都在尋求最大的改變），在他們的時代，幾乎每天都是一個全新的時代。我記得以前看過一本有關佛洛伊德的傳記，說在佛洛伊德所處的世紀之交，一天是可抵以前的一年來活的，因為人類新知的躍動，之大之快是以往歷史所從無的。

理查・史特勞斯與馬勒都是世紀之交的音樂家，不幸的是理查・史特勞斯比馬勒長命太多，馬勒1911年就死了，譬如馬勒並不知道他所在的奧匈帝國在一次大戰後已屍骨不存，而理查・史特勞斯活到二十世紀中葉，不但經過了一戰，還經歷了更慘絕人寰的二戰，看盡了世上人生的悲喜劇。二戰給他的傷害極重，他的傷不在肢體而在內心。他一度因為被納粹任命為主管音樂的高職位（其實沒經他同意，其後也被「解職」了），惹禍在身，風波不斷，幾乎得罪了所有同輩的音樂家，戰後一度還有人建議以「戰犯」究辦他。當然他死前一年，終還是還了他清白，洗刷了他的冤屈，然經此折騰，他早已垂垂

理查・史特勞斯的最後四首歌

221

老矣。《最後四首歌》便是在這種情況下寫的。

　　暮年的理查·史特勞斯對艾韓朵夫〈在夕陽中〉詩中的一句「我們已疲於徘徊」可能感觸深刻，隨即將詩譜成歌曲。後來他又讀了赫塞的三首詩，也有所感，便將之譜曲，就成了這四首歌了。雖然四首詩本身沒有關聯，但理查·史特勞斯的心中，它們是一個整體，譬如在赫塞的〈九月〉中有如下的句子：

在玫瑰花旁，他逗留了一會兒渴望歌息。
Lange noch bei den Rosen bleibt er sehnt sich nach Ruh.

然後慢慢瞌上疲憊的眼睛。
Langsam tut er die mudgeword'nen Augen zu.

岂不是在暗示死亡嗎？譬如在〈入睡〉詩的最後：

我不再被綑綁的靈魂，想要自由飛翔，
Und die Seele unbewacht, will in freien Flugen schweben,

永遠沉醉在夜的神奇國土。
um in Zauberkreis der Nacht tief und tausendfach zu leben.

　　其實也是很接近。甚至於第一首〈春天〉，寫通過了寒冷與黑暗與春天「重逢」的喜悅，在歌曲中也賦予了一種神祕的暗示，這首詩的結尾是這樣的：

冬夜繁星

你認出了我，溫柔擁抱我，
Du kennst mich wieder, du lockst mich zart,

你的華麗使我四肢顫抖！
es zittert durch all meine Glieder deine selige Gegenwart!

　　春天如情人、如母親，給倦遊歸來的人深情的擁抱。然而倦遊與歸來的意象很豐富，也可以指從充滿艱辛的人生，走回最原始的最平靜的地方。所以這四首詩雖獨立，但作曲者所賦予它們的意義是相同的。

　　《最後四首歌》表現了理查・史特勞斯生命最後的情調，也就是渴望寧靜，尋找死亡，看起來真是悲慘，但又怎麼呢，當人生面對自己的終曲即將奏出，豈不就都得如此嗎？這組歌曲是由女高音唱的（理查・史特勞斯的妻子鮑琳娜（Pauline de Ahna）即女高音，有人認為她是理查・史特勞斯許多歌劇女主角的原型），但音色與情緒都與一般女高音的表現有別，是相當難唱的一組歌曲，據說擔任首演的弗拉斯塔唱第一首歌的時候還降調演出的呢（據另一位唱此曲有名的舒瓦茲柯芙說的）。這不是說弗拉斯塔的音高不及於此，而是說她選擇降調是配合更適當的音色與情緒，可見對此是如何的慎重。

　　這組曲子還有個特色，雖然選擇了大型的交響樂團為伴奏，但交響的樂音飽滿又謙和，更像雲影風聲，只作陪襯，絕不搶奪人聲。理查・史特勞斯在歌聲停頓的時候，特別安排了兩種樂器的獨奏，一種是法國號（圓號），一種是小提琴。自

RICHARD STRAUSS
FOUR LAST SONGS
DEATH AND TRANSFIGURATION
LUCIA POPP · KLAUS TENNSTEDT
London Philharmonic Orchestra

出生斯洛伐克的女高音波普所唱，由鄧許泰特指揮倫敦愛樂演出的版本。波普不屬於嘹亮型
的女高音，聲音比較收斂蘊藉，特別適合演唱史特勞斯這套沉思之中帶點憂傷的歌。

始至終，法國號都是伴奏的主要樂器，有時隱藏在交響樂之中，有時又悠悠的獨奏。小提琴獨奏尤其奪魂，尤其在〈入睡〉那一段，很少人會忽略那個獨奏樂段的。

唱這組歌以把握內涵與氣氛最為重要，反而比較適合氣息弱的女聲來唱，絕對不能選擇嘹亮的歌手，更不能用它來馳騁歌喉。所以往往以前的不算好的錄音，譬如芙拉格綠坦（Kirsten Flagstad）的或舒瓦茲柯芙唱的，比較「近代」的錄音，則是波普（Lucia Popp, 1939-1993）唱的到今天仍百聽不厭，因為傳達了可貴的真情。這四首歌的情緒不只是哀傷，哀傷不足盡其情，低沉則絕對是重要的。趁著天色已晚，在這有風颳起的冬夜，我們還是靜靜的把這四首歌再聽一遍吧，其他，什麼都不要說了。

理查・史特勞斯的最後四首歌

20 音樂中的羅密歐與茱麗葉

　　莎士比亞的戲劇《羅密歐與茱麗葉》是大眾喜歡的悲劇，雖然文學家與戲劇家所算莎翁的「四大悲劇」，裡面並沒有它，這是因為立場與定義不同的緣故。羅密歐與茱麗葉因家族的間隔不能結成連理，最後自殺殉情，算是人間的慘劇，但他們死後合葬，家族的仇恨也因而泯除，不像四大悲劇中的李爾王、馬克白、哈姆雷特與奧賽羅，到死後人生的遺憾也無法彌補，正應了白居易〈長恨歌〉最後兩句：「天長地久有時盡，此恨綿綿無絕期」，如此徹底的絕望，這才能叫成悲劇呀。

　　《羅密歐與茱麗葉》之受人歡迎，還有個原因是這是個少男少女之間的愛情故事，愛情劇向來膾炙人口，何況是正當青春的愛情故事。不像四大悲劇中的主角，都是硬邦邦的男兒身，不只如此，而且那幾個男性除了哈姆雷特之外都又老又醜，性格又都變態彆扭得厲害，在一般世界，都是人見人厭的

厭物，有關他們的故事，有誰會去喜歡呢？

音樂上跟莎士比亞有關的作品實在不少，舒伯特曾用莎士比亞詩譜寫歌曲〈誰是希爾維亞〉（*An Sylvia, D891*），孟德爾頌與奧爾夫（Carl Orff, 1895-1982）都有《仲夏夜之夢》，幾個大悲劇，也都有改編成歌劇的，或者寫成組曲、套曲，有的可用作劇場配樂，有的不用在劇場，是純粹的演奏曲。還有許多音樂是受莎士比亞作品影響所成的，譬如白遼士歌劇《碧翠斯與班尼迪克》（*Béatrice et Bénédict*）是根據莎翁劇本《無事生非》（*Much Ado About Nothing*）而來，華格納的《愛情的禁令》（*Das Liebesverbot*）是根據莎翁的《一報還一報》（*Measure for Measure*），在音樂上，這類的例子不勝枚舉。

現在談談其中最膾炙人口的《羅密歐與茱麗葉》，這個故事在音樂上的影響非常大，主要在於故事悽慘又動人的緣故。幾個有名的作品分別由白遼士、古諾、柴可夫斯基與普羅高菲夫所作。

白遼士所作的《羅密歐與茱麗葉》（*Romeo et Juliette, Op.17*）寫於1838-1839年之間，原題贈當時有名的小提琴家帕格尼尼，因為帕格尼尼之前資助過白遼士兩萬法郎，這在當時是一個很大的數目。白遼士的這首曲子，大約是音樂史上第一部名叫「羅密歐與茱麗葉」的作品，它不是歌劇，而是一部有戲劇意味的交響曲（他的幾首有名的交響曲都有這個味道，就是敘述故事，包括《幻想交響曲》與《哈洛德在義大利》

冬夜繁星

等），不過他的《羅密歐與茱麗葉》、《幻想交響曲》與《哈洛德在義大利》不同的是，後二者只是管弦樂的合奏（《哈洛德在義大利》有一樂章是中提琴主奏，故又稱中提琴協奏曲），他的《羅密歐與茱麗葉》演出時除了交響樂團之外還要有獨唱與合唱，劇名是來自莎士比亞，故事也是劇本《羅密歐與茱麗葉》的梗概，但白遼士不想以展現莎士比亞的故事為滿足，而是他在讀此故事時，興起了不少自己的感想，作此音樂，主要在發抒自己胸中的想像。七段音樂中，一部分是依據莎翁劇本所示，但其中第四段的〈瑪伯女王〉（*La Reine Mab*）一段詼諧曲，白遼士完全跳離了莎士比亞故事，所寫的是他對愛情魔力的幻想。除此之外，這首曲子與《幻想交響曲》一樣，除了音樂之外還有一個生活上實際的功能，兩者都是向一位從愛爾蘭來的莎劇女角示愛用的，那位莎劇女角名叫史密森（Henrietta Smithson, 1800-1854），最初對他不理不睬，但最後格於白遼士的真誠與才氣，也與他結成了連理，可見音樂可以激發愛情的魔力，讓作曲家的「幻想」變成真實。

這首曲子與《幻想交響曲》一樣，都是白遼士的「名曲」，演出的機會不少，出的唱片也多，最有「權威」性的唱片是由英國指揮家柯林・戴維斯的錄音（Philips）。戴維斯的錄音有好幾種，光是Philips出的就有兩套，一張由倫敦愛樂，一張由維也納愛樂所演出，都是水準以上的唱片，他還有由倫敦交響樂團出版的現場錄音版（LSO Living），稍遜於Philips版，但在唱片界也很有地位。另外孟許（Charles Munch, 1891-

音樂中的羅密歐與茱麗葉

1968）1953年也有指揮波士頓交響樂團演出的版本（RCA），算是這張唱片的歷史錄音了，但這張唱片後來被RCA重刻發行，音響並不粗糙，比托斯卡尼尼1951年指揮NBC交響樂團演出的（RCA）要高明不少。

古諾（Charles-François Gounod, 1818-1893）的《羅密歐與茱麗葉》作於1867年，與白遼士不同的是這首作品是很「正統」的歌劇，全劇分五幕，大致遵照莎翁原作。古諾在1839年獲得法蘭西學院為獎勵年青作曲家到羅馬學習的「羅馬獎」（Prix de Rome）（在他之前僅白遼士得過），可見很被重視。但古諾後來在音樂上的發展並不太順遂，幾部歌劇都不叫好，到1859年完成歌劇《浮士德》（Faust）才一鳴驚人，不過古諾也僅以《浮士德》與《羅密歐與茱麗葉》兩部歌劇著名樂壇，其他的作品並不「叫座」，然而他好像不很在乎。他其實是個很虔誠的天主教徒，曾修習神學打算做神父，但神父並沒做成，只得專心作曲，因此他的許多音樂以宗教為主，他也有彌撒曲與安魂曲，可惜除了在教會之外，很少有演出機會。他也有知名的地方，他以巴哈一首前奏曲（即《十二平均律第一冊》第一首前奏曲）為鋼琴旋律，而用對位的方式譜寫下動人的〈聖母頌〉（Ave Maria），至今傳唱不絕。

古諾的《羅密歐與茱麗葉》所出的唱片不多，我也只聽過一個版本而已，是由法國指標家普拉松（Michel Plasson, 1933-）指揮圖盧斯合唱團、交響樂團（Toulouse Capitole Chours and Orch.）演出的那張（EMI）。

冬夜繁星

至於柴可夫斯基（Pyotr Tchaikovsky, 1840-1893）的《羅密歐與茱麗葉》比較複雜，這不是說這首曲子有什麼複雜性，這是首比較短的曲子，相對於結構龐大的交響曲或歌劇要單純些，但要了解這曲子，必須知道周邊許多的事。首先要知道這首曲子的全名是《幻想序曲──羅密歐與茱麗葉》（*Fantasy Overture－Romeo and Juliet*），跟上面白遼士與古諾寫的不同，沒有人聲，只給管弦樂團演奏。柴可夫斯基在莎士比亞戲劇中還選了《暴風雨》（*Tempest*）與《哈姆雷特》（*Hamlet*）各寫了一個幻想序曲，這三個曲子寫作的時間相去甚遠（《羅》初稿寫於1869年，但經1979年與1980年兩次修改，《暴》寫於1873年，《哈》則寫於1888年），所以這三個曲子都各自獨立，沒有太大的關聯，但整體上仍可以看出莎士比亞作品對柴可夫斯基的影響之大之深，尤其是有悲劇意味的戲劇。這可以知道，為什麼柴可夫斯基的大部分作品都強勁多姿，但背後卻是一個極富悲劇色彩的生命情調在推動他的藝術。

　　既取名「幻想序曲」，就表示所作的音樂不是要忠實表現陳述故事，而是作者在讀了莎翁原劇之後所產生的聯想或幻想，裡面多的是作者的感受，與原來的故事不見得有太大的關聯。再加上「序曲」原本指歌劇（更早是宗教清唱劇）演出前的一段序奏，主要在安定觀眾情緒以便「入戲」，但後來作曲家不見得遵守這個規矩，柴可夫斯基的許多題目上標明是「序曲」的音樂，並不是為戲劇所作，譬如有名的《1812年序

音樂中的羅密歐與茱麗葉

曲》，他為莎翁戲劇所寫的三個「幻想序曲」也都不是用於劇場，都應視為獨立演出的音樂。

但既標明了羅密歐與茱麗葉，也不能與這個有名的戲劇毫無關係，劇中的對立、相愛與殉情的情節也融入整首序曲的張合起伏之中，節奏的對比強烈，是一首音色飽滿、旋律優美的管弦樂曲。這首樂曲因為比較短，所以灌製唱片必須與其他樂曲搭配合製，譬如卡拉揚指揮柏林愛樂的唱片（DG）搭配了柴氏的《胡桃鉗組曲》，杜拉第（Antal Doráti, 1906-1988）指揮倫敦交響樂團演出的（Mercury）搭配了柴氏的第六號交響曲《悲愴》，其他也都如此。

收有這曲目的另一個好錄音是由傑奧佛瑞・西蒙（Geoffrey Simon, 1946- ）指揮倫敦交響樂團演出的版本（Chandos），這組唱片收有柴可夫斯基此曲之外，尚有柴氏的其他序曲如《哈姆雷特》（*Hamlet*）、《節日序曲》（*Festival Overture*）、弦樂《小夜曲》（*Serenade*）與歌劇《馬采巴》（*Mazeppa*）序曲等，演出及錄音都極精采。

最後要談的是俄國近代作曲家普羅高菲夫（Sergey Prokofiev, 1891-1953）的作品。普羅高菲夫的《羅密歐與茱麗葉》是為同名芭蕾舞劇所寫的配樂，但寫作與演出的經過相當複雜，這部音樂的原始是在1935-1936年之間，普羅高菲夫與莎士比亞學者雷得洛夫（Sergei Radlov）與編舞家拉夫洛夫斯基（Leonid Lavrovsky）合作編寫芭蕾舞劇，普羅高菲夫的音樂先寫好了，但舞劇還沒有排好，普氏就讓這組音樂先選擇部分以

冬夜繁星

管弦樂組曲的形式於1936年11月在莫斯科首演了，這便是一般音樂會最常聽到的《羅密歐與茱麗葉第一組曲》，第一組曲發表後，作者又另作編輯，成了第二組曲，於1939年在列寧格勒首演，其後又有第三組曲。

在第一組曲發表後兩年，芭蕾舞劇才編完，全套的芭蕾舞劇在1938年12月捷克的布爾諾（Brno）首演，之後又加以修飾，直到1940年1月才在列寧格勒演出，結果大受歡迎。這首樂曲是普羅高菲夫的重要作品，普氏不只為它寫了一個完整的舞劇配樂，還讓它以兩種不同版本的管弦樂組曲來呈現，可見作曲家本身對這部曲子也十分重視。

普羅高菲夫的這部作品是為芭蕾舞劇所寫的配樂，欣賞這類作品，應該從整套舞劇的全視野來看，音樂在其中其實只是配角，不應搶奪戲劇演出的主角地位，音樂如果過於搶眼，讓人忽略了劇中故事，反而是失敗之作。但要欣賞整套的芭蕾舞劇，對一般人而言不是易事，幸虧普羅高菲夫所寫的全曲或專為樂團演奏用的組曲，都高潮疊起，普氏又是管弦樂的配器高手，十分注意聲音的效應，全曲進行流暢，描寫場景歷歷，敘寫感情也極動人，這首曲子之所以受歡迎不是沒有原因的。

這部曲子的唱片也該分成兩部分來談，一部分是指芭蕾舞劇曲，另一部分則指三個組曲。首先談芭蕾舞劇曲，談芭蕾舞劇曲也分全本與節本，全本有阿胥肯納吉指揮英國皇家愛樂交響樂團（Royal Philhamonic Orch.）演出的版本（Decca）與普烈文指揮倫敦交響樂團演出的版本（EMI），都十分傑出，節

本以薩洛寧（Esa-Pekka Salonen, 1958-）指揮柏林愛樂演出的（Sony）最受好評。三套組曲演出的版本很多，我聽過的以愛沙尼亞指揮家雅維（Neeme Järvi, 1937-）領導蘇格蘭國家交響樂團演出版本（Chandos）最為精采。

冬夜繁星

21 行旅中的鋼琴曲

　　在旅行中適合聽哪一種音樂？這話問得稍籠統一點，旅行包括很傳統的徒步走路，一方面身上沒有放音設備，不可能聽音樂，另方面徒步行走的時候該聽的是風聲鳥語，聽一切發自大自然的「天籟」，實在無須聽人創造的音樂。旅行又指旅居在外，旅居在外其實是有處可居的，在住處與在家是沒什麼不同，不合我旅行的定義。我的旅行是指眼前有流通的風景，而手頭又有放音的設備，而且身體確實在外，不在自己習慣的客廳書房，這個情況，就可以想到大約是在開車的時候了，開車旅行的時候該聽哪一種音樂？

　　我指一個人開車，旁邊沒人隨行的時候。旁邊有人，就得顧及他的喜惡，如不是他主動提議，最好不要放音樂，以免彆扭。獨自駕車旅行，該聽什麼，其實也莫衷一是的，當然心情很重要，我有一次駕車路過三芝金山之間的濱海公路，看到面

行旅中的鋼琴曲

前很低的層雲之下，一片泛著鐵青的大海激盪洶湧著，我右側的山顯得毫無表情，我的心情十分沉重，我把車停在路邊，打開兩旁的玻璃窗，讓海風吹進來，才覺得情緒稍稍平復。這時我發現我車上放的是捷克作曲家馬提努（Bohuslav Martinů, 1890-1959）為大提琴與鋼琴所寫的斯拉夫民歌變奏曲。斯拉夫的音樂對德奧音樂言屬於「東方」的音樂，常有五音階的樂段出現，確實與我們東方音樂有點類似，但其中的熱情與節奏，又往往是我們東方人所陌生的。不知道是我的情緒影響到所聽的音樂，或是音樂影響到我情緒，我當時覺得生命空洞無依，有些時候是徹底的絕望，但一陣海風，卻也似乎能把自己從絕望的深谷拉拔上來。我在稍稍回復之後，便拉上車窗繼續行程。

　　一位辦報的朋友告訴我，當他年輕時在紐約，有一次駕車從布魯克林橋走過，收音機放著鋼琴家克萊本（Van Cliburn, 1934-）在卡內基廳演出布拉姆斯的第二號鋼琴協奏曲的錄音，光聽法國號在起首的幾個音，他便悲不自勝，等到克萊本的鋼琴出現，他便找個空隙把車停了，獨自神傷不禁號啕起來。我跟他說你剛聽幾個音就如此激動，絕不是布拉姆斯引起的，而是你自己當時有特殊的遭遇，正好聽到一個平時常聽又喜歡的曲子，更引發了感觸罷了。他說也許是，但音樂常在人不注意的空隙「鑽」進人的腦中，從而主宰人的情緒，也是真的。

　　我在開車的時候，喜歡聽鋼琴曲。這並不是說我對鋼琴曲

冬夜繁星

有所偏愛，而是車子進行中，不管車子再好，也有無法完全克服的噪音問題，有的來自車窗外，有的來自車內引擎，任你再好的科技也免除不了的。在這些噪音的干擾下，交響樂較細微的部分，根本聽不清楚，許多樂音糾葛一團，不只交響曲，弦樂曲往往有這種困頓，因為弦樂曲總有很細微、輕聲的地方，在車上就聽不太出來，而鋼琴曲就清楚得很，鋼琴觸鍵，就是輕音也十分明確，所以在車上，最好相伴的音樂是鋼琴曲，而且是不帶伴奏的獨奏鋼琴曲最好。

　　我認為車上聽的鋼琴曲，最好的是巴哈的曲子。巴哈的鋼琴都不是為鋼琴而作，現代的鋼琴是貝多芬的時代才有的。巴哈時代有種名叫大鍵琴（harpsichord）的鍵盤樂器，是把豎琴平放，在機鍵的一端裝上鳥羽骨來撥奏，所以這字是從豎琴（harp）來的，而中文又把鍵琴翻成羽鍵琴，也因這緣故。巴哈在他創作的中期，寫了許多沒有宗教意涵的所謂「俗曲」，他的大鍵琴曲與其他器樂曲大多是這時的作品。由於大鍵琴的聲音不大，音色也缺乏變化，到古鋼琴與現代化鋼琴發明後，就逐漸改成由鋼琴演奏了（不過巴哈的這些作品，到現在依然有大鍵琴的演出版本）。

　　關於巴哈的鋼琴作品，我在前面一篇〈最驚人的奇蹟〉中已說過，此處不再介紹，只說說在車上聽他曲子的感想。巴哈為大鍵琴所寫的曲子與以後（尤以浪漫派形成後）的作曲家比較，算是「隨興」得多，速度與強弱往往沒有注記（有些樂譜帶有注記，是後人所注），所以演奏起來就很自由，速度強弱

行旅中的鋼琴曲

可以隨演奏的需要而調整，這使得巴哈器樂演奏的變化很大，幾乎每位大師都有自己獨特的風格。我很喜歡在開車的時候聽巴哈的鋼琴曲，他的鋼琴曲以分上下兩冊的《十二平均律》為核心，「旁及」他的英國組曲、法國組曲，當然也包括他的《郭德堡變奏曲》。彈得好的名家很多，我總喜歡在車上聽李希特與席夫所彈的《十二平均律》，席夫彈的比較「冷」，正好可以降低車內的溫度，李希特的演奏典雅又溫馨，只是法國的唱片公司Harmonia Mundi在翻製原本舊蘇聯時代錄音時也許處理得不夠好，前面幾首曲子的音量忽大忽小，但細聽李希特確實彈得好，有感情卻感情不很外露，但也不是純結構式的交代，也是有人性的，我總覺得彈巴哈的曲子都該這樣才對。

聽《郭德堡變奏曲》都會想到顧爾德，他兩次錄音的唱片我都聽的，也十分喜歡，但在車上聽不見得合適，主要是顧爾德太個人化，情緒外露過強，在音響好的環境聽很好，能夠激盪人心，但在車上聽，就有點不宜，過分強烈的情緒會影響到駕駛人的注意力的，出了車禍就壞了。我有張由LP唱片（DG）轉錄下來的卡式錄音帶，是由德國老鋼琴家肯普夫（Wilhelm Kempff, 1895-1991）彈的，以前我開舊車時經常放來聽，風雨來時，往往靠它來鎮定情緒。等到後來車子上面的音響都改成放CD的之後，卡式錄音就無法放了，這張唱片後來也出過CD，但我沒買，也就不聽了，但我特別懷念以前那段比較簡陋的時光，即使開車，也覺得比現在悠緩又平和些。

肯普夫彈的貝多芬也是有名的，我記得我剛服完兵役初初

冬夜繁星

工作時，所得有限，能買的唱片不多，我的貝多芬的五首鋼琴協奏曲是他彈的，還是國內一個名叫中聲唱片公司的翻版貨呢。最早聽到的貝多芬鋼琴奏鳴曲全集，也是由他彈的，已是原版了，那套唱片買回來，把它當精金美玉般的呵護，直到出了CD版，才稍為任意視之。肯普夫是古典名家，每首曲子都經過琢磨研究，他的演奏，沒有特別的驚喜，但從不忽略細節，表現都穩重又平衡，他連彈浪漫派作曲家的作品，包括舒伯特、舒曼的曲子也是這個調調，細膩、穩當又迷人。與肯普夫同時稍早，有位同樣是德國人的鋼琴家巴克豪斯（Wilhelm Backhaus, 1884-1969）也以彈貝多芬知名，他的演出很精采，但以全集（Decca）看，錄音不如肯普夫的平衡。

我在車上也常聽貝多芬的鋼琴曲，他的三十二首鋼琴曲都聽，有時沒有準備聽哪一張，隨便裝上一張就聽了。除了上面說的肯普夫的之外，我很喜俄國鋼琴家吉利爾斯（Emil Gilrls, 1912-1978）彈的，他的錄音比肯普夫的晚，錄得也好，再加上他詮釋力高，動態範圍大，聽起來往往震撼人心，稍稍不宜駕車時聆聽，但個性氣定神閒的話，倒也無所謂。可惜他在DG的本子沒能算是全集，最嚴重的是最後五首卻漏了三十二號也就是最後一首，實在太可惜了。他彈的貝多芬，不論是〈悲愴〉、〈熱情〉、〈月光〉、〈華德斯坦〉、〈告別〉都好，沒有標題的三十、三十一號，則高絕人寰，絕對是鋼琴藝術的頂峰。

我個人非常喜歡貝多芬的第三十二號奏鳴曲，不見得是因

行旅中的鋼琴曲

為它是貝多芬最後一首鋼琴奏鳴曲的緣故，而是這首曲子透露出貝多芬晚年的掙扎的心境，從險絕中見到平和的展望，而在平和的氣氛中又見到他的孤絕不與人同情調，我有時覺得把貝多芬稱做「樂聖」，應該不是他創作了第九號交響曲《合唱》，也不是他的《D大調莊嚴彌撒》，而是他有最後五首鋼琴奏鳴曲，因為有掙扎有痛苦，他的超凡入聖才夠可敬。這最後的一首奏鳴曲沒有第二十九號名叫〈槌子鋼琴〉（Hammerklavier）的艱深強烈，但卻是把所有藝術最高遠的情境做了透徹的描述，有時我想，一個鋼琴家，假如沒有能力或者能力不足，千萬不要彈它，吉利爾斯錄了這麼多貝多芬曲子卻獨漏這首，是不是他自覺自己沒有能力處理好呢？這純是我沒事時的猜想，也許不能當真的。

我非常喜歡李希特彈的這首曲子，是一個他在東歐一個國家的演奏會的現場錄音（Philips），中間還偶爾夾雜著人聲，但雜音沒有影響他表現。1997年夏天，李希特死了，我在報上寫了篇〈謝幕〉的文章，其中有一段：

> 李希特也有他的熱情，但經過一層特殊的處理，李希特將他的熱情把握得恰如其分，他不會伸展不開，也從來不會「濫情」，就以貝多芬的鋼琴奏鳴曲32號而言，我以為傳世的錄音中，很難有超過李希特的那場1991年的現場演奏的了。奏鳴曲32號是貝多芬最後一首鋼琴奏鳴曲，也是他臨終前最重要的作品之一，這首鋼琴曲有些神經質、

冬夜繁星

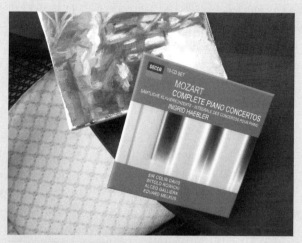

上：海布勒的莫札特鋼琴協奏取全集，她也有莫札特鋼琴奏鳴曲的版本，是詮釋莫氏鋼琴曲的首選。

下：日本演奏家內田光子演奏莫札特鋼琴奏鳴曲全集的版本。

艱深、高雅又超凡入聖，很少人能夠把握這首曲子的神髓，那樣婉約、那樣浩蕩、那樣淋漓盡致的表現出來。

這個錄音我不常在車上播放，原因是怕它引起我過高的關注而影響駕駛，但在房間，就可以聽了，而且是百聽不厭呢。同樣遺憾的是，李希特的貝多芬奏鳴曲也沒有完整的錄音。

還有一些適合車上放的鋼琴音樂，我覺得舒伯特與舒曼甚至蕭邦的鋼琴獨奏作品都很適合，他們的人生遭遇都不很好，但他們的鋼琴獨奏作品都很優美流暢，適合在車流之間聽，也適合在山間海邊聽。李斯特的鋼琴曲就強烈些了，但他的三本《巡禮之年》就很好，優美之外又言之有物的。上面舉的幾位音樂家，鋼琴作品是他們最重要的作品，尤以蕭邦與李斯特為甚，喜聽鋼琴曲的，也不可能漏過的。

莫札特的鋼琴奏鳴曲當然是不能錯過的，他的音樂可以隨時提供我們高昂又溫暖的情緒，什麼時候聽都好。莫札特的音樂有點像佛教裡的觀音菩薩，會尋聲救苦似的，當自己有苦難纏身，他的音樂總讓我們超拔，當我們平靜時，看到慈眉善目的菩薩像在旁，也會更安心一點。莫札特的鋼琴奏鳴曲，以海布勒（Ingrid Hebler, 1929-）的（Philips）最優雅，另日本演奏家內田光子的錄音（Decca）也很好，很值得在旅行的車上聽，不論車行順暢或堵車的時候，都能讓人精神愉快，至少把車行時的煩躁暫時拋開。

冬夜繁星

22 許納貝爾

　　由於許納貝爾死得早，那時候還沒發明立體錄音（stereo），所以他的演奏錄音，都是單聲道錄音（mono）。單聲道錄音的音頻比較窄，兩支喇叭都用同一個音軌，當然顯得單調，聽慣了後來的立體錄音，有的甚至是標榜身歷聲音響的，很容易對早期簡陋的錄音嗤之以鼻。然而從錄音發明到立體音響發明，大約從二十世紀初到1958年（該年RCA發明立體錄音技術）之間，西方樂壇其實是名家輩出的，譬如托斯卡尼尼指揮的NBC交響樂團演奏的貝多芬交響曲全集，還是單聲道錄音，福特萬格勒指揮柏林、維也納及德勒斯登愛樂演出的貝多芬全集，也是單聲道，大提琴家卡薩爾斯，是最早演出巴哈六首無伴奏大提琴組曲的，他最早的錄音也是單聲道。（他很長命，已經趕上了立體錄音，有些唱片重新錄過，所以也有立體版。）單聲道錄音技術雖陋，仍無法掩藏大師演出時的一段

許納貝爾

精光，有時候，單聲道唱片傳出一種特殊的真純的、細緻的樂思，反而是後來花拳繡腿的立體音響所無法企及的，這可能是大師的藝術氣度貫穿於其中的緣故，還有因為音響不好，欣賞者須要更用心的聆聽，因為用心，所以發現更多，感動益深。

就以許納貝爾演奏的貝多芬鋼琴奏鳴曲而言，雖是單聲道的錄音，卻絲毫不減損它莊嚴偉大，我每次聆聽，都感觸良多。許納貝爾（Artur Schnabel, 1882-1951）是個出身猶太家庭的鋼琴家，那一輩的猶太人總是一生遍嘗顛沛之苦的。他1882年出生在波蘭南部Kraków附近的一個小鎮中，Kraków現在是一個熱門的觀光城市，觀光的核心是二次大戰期間最大的猶太集中營。他在七歲時，隨家人遷居維也納，一到維也納就以神童之姿出現，八歲那年就開了第一次演奏會。十八歲遷居柏林，從此旅行各地演出。1927年，那年是貝多芬逝世一百周年，他在柏林連續演出貝多芬的鋼琴奏鳴曲全集。貝氏的奏鳴曲包羅萬象，氣格高華，中期之後，都是格局很大的作品，而且總數有三十二首之多，要一口氣連續演出，需要極大的力氣，可見許納貝爾的本事。1935年，他又應唱片公司之邀，將貝多芬的鋼琴奏鳴曲完整錄音，但據說那套最早的錄音保留得不好，現在世面可買到的EMI奏鳴曲全集，是較晚各家錄音的集合版本。

希特勒掌權後，許納貝爾移民美國。他在美國成了特殊的人物，演奏會極受歡迎。一次他與克里夫蘭交響樂團合作演出貝多芬第四號鋼琴協奏曲，奏完多次謝幕後，指揮塞爾

冬夜繁星

許納貝爾所彈貝多芬第四、五號鋼琴協奏曲。

（George Szell, 1897-1970）把整個樂團都帶走了，但台下掌聲未斷，許納貝爾只好再次出場致謝，這時他已換上了回家的便服，而觀眾的歡聲依然雷動，可見他受歡迎的程度。

牛津學者，也是自由派理論大師以撒・柏林（Isaiah Berlin, 1909-1997）在他的談話錄中曾談及他是個古典樂迷，一次他與他同是哲學家的朋友史賓德（Stephen Spender）同訪薩爾斯堡，為了尋訪莫札特的足跡。同時，許納貝爾在30年代到英國演出，他們場場都到，柏林說：

> 鋼琴家許納貝爾給我們留下了極深的印象。幾乎可以說，是他培養了我們對音樂的欣賞力。他在30年代到倫敦演出，他所有的音樂會我們都去聽了。許納貝爾是位傑出的音樂家。他對貝多芬與舒伯特的詮釋改變了我們對古典音樂的看法。

許納貝爾早死了，以撒・柏林也剛過去。這世界真好，不讓你只活在當下，總有些已逝的人、已過的往事令你想起。想起以撒・柏林，他的書就在案頭，隨時可以翻開來看。想起許納貝爾，我抽出一張他演奏的唱片來聽，正巧就是他彈的貝多芬第四號鋼琴協奏曲，是1933年在倫敦與倫敦愛樂合奏的那張，是由沙堅爵士（Sir Malcolm Sargent, 1895-1967）指揮演出的。由於是mono錄音，我不期望唱片的音效。我很仔細的聆聽，發現許氏的演奏不但好，而且特殊。第四號協奏曲，是貝

冬夜繁星

多芬很特別的曲子，與第五號《皇帝》相比較，第四號沒有那麼豪華亮麗，但第四號的結構比較複雜艱深，貝多芬很想讓這個曲子寫得不同些，他打算超軼從古典到浪漫以來所形成的美學常規，故意讓音樂有一些荒誕又不和諧，但整體而言是淋漓又脫俗的。一般演奏家喜歡表現它的特殊性，有時候拿捏不好，會有些過分的表現，有時特意製造唐突的效果，起伏過大，反而使音樂鬆散掉了。許納貝爾彈這首曲子，節奏平穩，觸鍵高雅，尤其在第一、第三樂章的Cadenza部分，這部分原是給演奏者表現高深技巧用的，但他特別小心，故意放慢速度，讓演奏在平實中進行，沒有一點馳騁炫耀的樣子，但內行人都知道，這樣的表現更為困難。原來，好的演奏家不是要你驚嘆其琴技的，而是讓你聽他演奏，令你跌入沉思之中。

許納貝爾

23 帕格尼尼主題

　　帕格尼尼是歷史上最有名的小提琴演奏家，也是很被肯定的作曲家。當然他不算小提琴音樂最多產或最「好」的作曲家，但他在他的時代的小提琴界，技法絕對是一流，他的作品似乎是後世小提琴技巧考試不可少的曲目。

　　帕格尼尼（Niccoló Paganini, 1782-1840）比貝多芬晚生十二年，比他晚死十三年，可以說與貝多芬是同一時代的人，活的年歲也跟貝氏差不多，但他主要活動的場地在義大利，貝多芬則在維也納，彼此似乎沒什麼關聯。1828年帕格尼尼曾到維也納演出，造成轟動，但無緣見到貝多芬，因為貝多芬已在前一年去世了。

　　他高超的演奏技巧，不完全是無人可及的，但他在小提琴表演時廣泛使用泛音，採用不同定弦以製造特殊的音效，還有他運用弓法也十分獨特，他喜歡用頓弓與撥奏，聲音清晰準

確，毫無失誤。他為小提琴所寫的《二十四首隨想曲》（24 Caprices）（也有譯為「二十四首奇想曲」的），幾乎把小提琴所有的艱深技巧都展現了出來，有的技巧傳統就有，有的則是他的「獨門絕活」，這套作品被公認是小提琴中最為「炫技」的作品。這部完全獨奏的作品，不太有人敢去碰它，原因是技法確實太艱難了，但也有一個原因，有些大師不想以炫技為出名的手段，他們以為音樂除了技巧之外，還應該有其他更重要的東西。

說帕格尼尼除了技巧之外沒有其他也不公平，他一生譜寫過的作品也不算少，但流傳下來的東西不是很多，譬如他曾為小提琴寫過相當多的協奏曲，但後世尚留存的僅有六首，而這六首協奏曲，有幾首的寫作年代都弄不清楚，譜子雖然還在，卻很少聽人演出，經常可以聽到的，大概只剩前面兩首（第一號降E小調，第二號B小調）。我們聽他剩下的兩首協奏曲，絕不能只從技巧上面來聽，不論從協奏曲必須與樂隊配合的特性，以及小提琴本身豐富優美的旋律，都有特殊的成就，算是小提琴協奏曲中的名作，也不可小覷。

但帕格尼尼是個有名的演奏家，身兼作曲家是因為要寫讓自己馳騁高超技術的作品，作曲本不是他最重要的事。他留下的作品不算多還有個原因，他寫好的譜子經常會改，他即使演奏自己的作品，也經常會有「即興」式的演出，與譜子有很大的差異，事後要把這些即興忘情的部分譜寫下來，當然相當困難，再加上他雖有風流自賞的個性，而對自己的作品常常不加

冬夜繁星

顧惜，很多作品一經演出就丟了。

　　很多人看他所寫的作品都是為小提琴演出的作品，就認為帕格尼尼只是個小提琴專家，其實不見得全對。他對所有提琴的性格都瞭若指掌，當時義大利是提琴工藝最發達的國家，很多有名的提琴製造人都會獻琴給他，頗有寶劍贈英雄的意味，帕格尼尼有各式名師製作的名琴，光是斯特拉迪瓦里（Stradivari）的小提琴就有好幾把，除此之外，他還擁有同牌的中提琴與大提琴不少，可見他不是光擅長小提琴，對提琴家族的幾種樂器也很嫻熟。1833年他在巴黎演出，遇見比他年輕的法國作曲家白遼士，他曾委託白遼士創作一首中提琴協奏曲，以供自己在剛受贈的一把斯特拉迪瓦里中提琴演出使用。結果白遼士出乎意料的把協奏曲寫成了一個交響曲的形式的曲子，只留下一個樂章有中提琴獨奏，帕格尼尼深為不滿，拒絕接受，兩人幾乎鬧翻，形成音樂界的趣聞。這首曲子後來被命名為《哈洛德在義大利》（*Harold en Italie*），成了白遼士著名的作品。但由此可知，帕格尼尼也深諳中提琴的演奏。

　　其次帕格尼尼在1801-1804年曾醉心於吉他這個樂器，曾為小提琴與吉他寫了十二首奏鳴曲，當然其中小提琴的技巧高過吉他，但吉他也有相當的分量。另外他還為小提琴、中提琴、吉他與大提琴寫過四重奏六首，也為小提琴、吉他與大提琴寫過三重奏，還有弦樂四重奏數首，不過這些作品現在很少聽人演出，慢慢也被人忘掉了。

　　今天談帕格尼尼，主要不在他本人，以作品的分量與品質

帕格尼尼主題

而言，他距「偉大」作曲家還有一段距離。他以演奏高明著名當世，歷史不可能造假，但當時沒有錄音，他的英名只是書面的記錄，後人無從聽到他真實的演出，便也無法判斷他真正價值之所在了。我們今天談他，是因為在他後面的很多作曲家，或得之於他音樂的啟迪，或神馳於他高深的技巧而感動，常常用他音樂中的一個段落為主題，寫下不少以「帕格尼尼主題」為名的變奏曲、幻想曲或其他樂曲，音樂的名稱可能並不相仿，但意思大致不差，都有向這位樂壇罕見的人物頂禮致敬的味道。

後世音樂家喜歡採用的帕格尼尼樂段，以他《二十四首隨想曲》中第二十四號隨想曲為最多，其中布拉姆斯在1862年到1863年為鋼琴寫了《帕格尼尼主題變奏曲》（*Variationen über ein Thema von Paganini,* Op. 35），就是使用這首樂曲為主題。拉赫曼尼諾夫（Sergei Rachmaninov, 1873-1943）1934年曾以這個主題寫了首鋼琴與交響樂團合奏的《帕格尼尼主題狂想曲》（*Rhapsody on a Theme of Paganini,* Op.43）；波蘭當代作曲家盧托瓦夫斯基（Witold Lotosławski, 1913-）1941年曾為雙鋼琴演出寫過《帕格尼尼主題變奏曲》；在中國出生的德國作曲家布拉赫爾（Boris Blacher, 1903-1975）也寫過同名的為鋼琴與交響樂團演奏的曲子，所用的也是這個主題。

在布拉姆斯前面，舒曼早在1832年與1833年就分兩集出版過《帕格尼尼隨想曲主題練習曲》（*Etudes After Paganini Caprices*）了，一共有十二首，是根據《二十四首隨想曲》所

冬夜繁星

寫成。李斯特的更早一些，他在1831年至1832年用了帕格尼尼第二首小提琴的一個主題創作了《鐘聲幻想曲》（*Grandes Fantaisie de Bravoure sur la clochette*），並且在1838年採用了《二十四首隨想曲》的主題與第二號小提琴協奏曲的主題，改寫了為鋼琴演奏使用的《帕格尼尼超級練習曲》（*Études d'exécuvion transcendante d'après Paganini, S140*），一共六首，這六首有名的「超級練習曲」，李斯特不時修改，到1851年才定稿，成為今天我們最常聽到的「版本」了。

帕格尼尼作品的錄音能聽到的不是很多，倒是改編或以其主題所作的變奏曲、幻想曲可聽到的版本甚多，看起來有些反賓為主的樣子。現在選幾種比較重要的來介紹：

1、帕格尼尼本身的作品。《二十四首隨想曲》的錄音以義大利小提琴家阿卡多（Salvatore Accado, 1941-）所錄（DG）為最著名。阿卡多在十七歲時就獲得帕格尼尼小提琴比賽的首獎，技巧無話可說，他也出過論小提琴藝術的專書，平生以演奏及弘揚帕格尼尼音樂為己任，幾次將已被世人所遺忘的帕氏小提琴作品搬上舞台，其中第三號小提琴E大調協奏曲就是例子，所以談起帕格尼尼，很少能遺漏阿卡多這人。至於帕格尼尼的小提琴協奏曲，現在普遍聽得到的，以第一號與第二號為多，這兩首協奏曲，也以阿卡多錄音的那張（DG）最為叫好，幫他協奏的是倫敦愛樂，指揮是Charles Dutoit，無論演奏技巧與錄音效果都算上乘。上面這幾首曲子，小提琴家帕爾曼

帕格尼尼主題

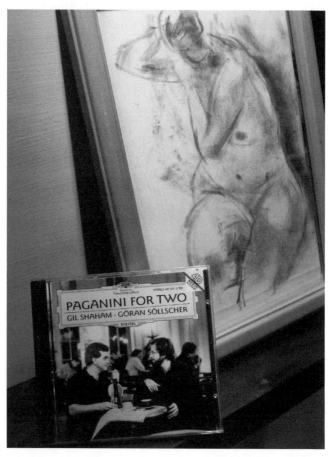

帕格尼尼是高超的小提琴演奏與作曲家，對吉他也極有興趣，寫了幾套小提琴與吉他的奏鳴曲，上圖便是夏漢與索爾徹的版本。

（Itzhac Perlman, 1945-）也有演奏錄音（均EMI版），兩人的演出，阿卡多的版本比較中規中矩，可以說是無懈可擊，當然十分精采，但論浪漫熱情，在光度上而言卻少於帕爾曼的，尤其是第一號協奏曲。

　　至於帕格尼尼寫的小提琴與吉他的奏鳴曲，唱片也並不是很多，而且幾乎都是選曲，沒有全集。我三十年前聽過也收藏過錄有這些曲目的ＬＰ唱片，是由德國的德律風根（Telefunken）唱片公司1981年出品的，由小提琴家György Tereesi與女吉他家Sonja Prunnbauer合作，該公司以出品音響著名，錄音極重視音效，那兩張唱片，不論定位與空間感，都屬一流，只是後來CD流行，好像沒有看到這套唱片轉成CD的，十分可惜。目前很容易聽到的是小提琴家夏漢（Gil Shaham, 1971-）與吉他名家索爾徹（Göran Söllscher, 1955-）1992年合作的那張（DG），這張唱片錄得極好，可惜只錄了三首帕格尼尼的奏鳴曲，及幾首經後人改編過的帕氏雜曲，更不夠完整，是遺憾的事。

　　2、在帕格尼尼主題變奏的樂曲中，演奏者眾，好唱片也多，現在擇要談談。改編帕格尼尼作品，以鋼琴曲為主，其中又以鋼琴獨奏最多，這很簡單，帕氏原作是小提琴曲，而且是小提琴技術上巔峰造極之作，自不宜再使用小提琴來「變奏」，而改編者本身多是身兼鋼琴演奏家的作曲家，如舒曼、李斯特、布拉姆斯與拉赫曼尼諾夫等人，他們想以鋼琴來挑戰技術的極限，也很自然。

帕格尼尼主題

以上四位鋼琴家兼作曲家的，只有拉赫曼尼諾夫趕上了錄音的時代，他的《帕格尼尼主題幻想曲》有自己的錄音，他有張1934年的歷史唱片（RCA），在唱片界評價極高，但錄音原始，品質很難與後來相比，想要緬懷過去，或找出原作曲者的最為正確的詮釋，可以找來聽聽。鋼琴大師魯賓斯坦（Artur Rubinstain, 1887-1982）有張與萊納（Fritz Reiner, 1888-1963）在50年代指揮芝加哥交響樂團合作的唱片（RCA），雖錄得早，但音效很不錯，當時魯賓斯坦正值音樂演奏的盛年，琴彈得行雲流水又光風霽月。另外阿胥肯納吉與普烈文（André Previn, 1929- ）也有合作的版本（Decca），樂團是倫敦愛樂，這兩張唱片都值得一聽。

　　至於舒曼、李斯特、布拉姆斯的有關帕格尼尼改編作品，都是他們鋼琴作品的名作，所有重要的鋼琴家幾乎都彈過，大致都不會太差，如不太比較版本，隨便選張來聽，都會有收穫。

冬夜繁星

24 慢板

　　馬勒一生寫了十首交響曲，他迷信又特別怕死，想盡辦法
避諱九這個數字，因為貝多芬、舒伯特、布魯克納與德伏乍克
都寫完第九號交響曲不久就死了，他的《大地之歌》其實是編
號九的交響曲，他不叫它第九號交響曲，而稱它作：《一個男
高音與一個女低音（或男中音）聲部與樂團的交響曲》。但有
趣的是馬勒在《大地之歌》後又寫了兩個交響曲，原想因此而
混過命運之神，但是既是命運，任何人都逃不過的，他表面寫
了十個交響曲，第十號並沒有寫完，如果要以寫完才算數的
話，馬勒一生其實也是「只」寫了九個交響曲，與他想逃避的
幾個前輩作曲家的命運沒什麼不同。

　　他的第十號交響曲該取名叫「未完成」的，但與舒伯特的
《未完成交響曲》不同，舒伯特當年寫了兩樂章的《未完
成》，擱在抽屜忙其他的事，過了一陣自己都忘了，這遺稿直

到舒伯特死後才被人發現。寫於1910年的馬勒「未完成」是無法完成，因為寫作時的他已病重，隔年就去世了。

這首交響曲他只寫了兩個樂章，就是行板與慢板（Andante-Adagio），一般演出的時候都連續演奏，中間不作停頓，起始的行板也很慢，與後面的真正慢板連接，所以聽起來像是一個慢板樂章，以致後人乾脆以一個樂章視之，稱它「第十號交響曲的慢板樂章」。不過所有標有「未完成」的，後人都想用各式方法來「完成」它，舒伯特在第八號未完成交響曲之前有一個第七號交響曲也是「未完成」的，被幾個後人陸續補足了，因而使得這首交響曲有幾個不同的版本，當年貝姆（Karl Böhm, 1894-1981）與馬利納（Neville Marriner, 1924- ）演出舒伯特交響曲全集時曾詳加考據說明，當然所採用的版本也有所不同。而舒伯特的第八號《未完成》被後人發現，一經演出，大家都認為是舒伯特音樂的「絕唱」，雖同是只有兩個樂章，卻沒人敢再增補。

現在回過來談馬勒的這首「未完成」。這首曲子在1912年由他學生華爾特在慕尼黑指揮首演時，就只有這個樂章（也有一說是1924年沙克（Franz Schalk）在維也納演出的才算首演），但到1960年，一位英國的音樂學者發現馬勒原有這首交響曲的縮編總譜，便把它整理編輯，成了一首完整的交響曲。這位英國學者名叫庫克（Deryck Cooke, 1919-1976），他的版本在1964年首演，1972年又再次修訂。我覺得庫克的版本與馬勒的原兩章氣脈相連，精神也還一貫，尤其是最後第五樂章終

冬夜繁星

曲的部分，完全是馬勒交響曲的精神血肉，說是從原作曲者的總譜改編出來的不會錯，頂多增加了一些連接部分，或者也改了些原本註記不明的配器，但一般演奏馬勒交響曲的，很少演出庫克的全版，我收藏的唱片中，只有英巴爾（Eliahu Inbal, 1936- ）指揮法蘭克福廣播交響樂團演出的（Brilliant）與拉圖指揮柏林愛樂的（EMI），是採用這個版本（英巴爾也有指揮同樣樂團只演出馬勒原作慢板的錄音）。

　　就以馬勒寫就的這個樂章而言，這是馬勒最後的作品，全曲帶有強烈悲劇的情緒，跟理查・史特勞斯《最後四首歌》一樣，有曲終奏雅，把人的一生做個總結的味道。相對於史特勞斯，馬勒的人生的「外在」波折不是那麼驚險，史特勞斯雖只比他小四歲，卻多經歷了兩次世界大戰，而且自己是大戰的受害者，《最後四首歌》試圖將一生的寵辱皆忘，而準備尋找一個沒有聲音的地方，安寧入睡，雖是告別之作，但優雅又寧靜，充滿了哲學家的睿智。馬勒的「外在」部分，可以說比史特勞斯好得多，他晚年位高名顯，不但馳名歐洲，後來應邀到美國，先後在紐約大都會歌劇院與紐約愛樂做音樂指導，名利盡收，雖然曾與比他小七歲的義大利指揮家托斯卡尼尼有點瑜亮情節，弄得不太愉快，不過大致說來，馬勒的晚年確實混得很好，托斯卡尼尼終其一生是個指揮，而馬勒除指揮之外，還是個成功又多產的作曲家（指交響曲部分），早已注定了歷史的地位。馬勒也有傷痕，他的傷痕在內心，他晚年除了受心臟病之困外，又有喪女之痛與一些婚姻感情上的波折，雖然宗教

慢板

上的救贖與復活觀念鼓勵他超越悲痛生死，但馬勒可能至終都沒能達到真正的豁達境界，他一直到生命的最後，都不是澄明與安寧的。這對藝術而言不是壞事，明明知道自己不行了，但還絲毫沒有放棄掙扎的努力，讓馬勒最後的作品，還充滿懸宕的張力。

就以這段慢板樂章而言，緊張與衝突還是到處可見。由弦樂導出的一段序奏，就顯示一種即將來臨的風暴故事，接續而來的第一主題，表面平靜其實內含波瀾，而且隨著往後走，這波浪一陣陣的加大，等到管樂加入，弦樂改為撥弦，提示我們把眼光放到山谷一般深的波底，才知道要去探底的話，底部是深不可測的。隨後是荀白克式的不諧和音，是由弦樂奏出，把人弄得上下都搆不上邊的感覺，當不諧和音奏完，如柔風般的豎琴就輕輕響起，目的在讓人鎮定情緒，反正這個樂章進行得不是很順利，一切都晴陰不定得厲害。正當另一較和平主題奏出時，第一主題總是猛不防的又出現，教你回歸不安的現實。一波波的樂音層層疊疊，到最後，由第一主題變化出來的一個有警示意味的樂句出現，後來由短笛（piccolo）的高音收尾。眼看樂句要斷了，短笛又吹出另一個更高的音，最後接腔的，想不到是長笛，吹的也是高音，但長笛的高音不如短笛的刺耳，而始終不斷的是豎琴，當長笛也吹完，音樂就結束了。

這是一首非常特殊的慢板樂章，一般的慢板，都是交響曲中較舒緩又安寧的部分，海頓與莫札特的都是。貝多芬善於使用慢板來醞釀情緒，譬如第九交響曲《合唱》裡標註著Adagio

冬夜繁星

molto e cantabile的第三樂章，在全曲中承先啟後的發揮了極大的作用，不能光用平靜優美四字來形容。但不管再重要，這個慢板也是陪襯的位置，究竟不是該曲的主題所在，第九號交響曲任誰都知道主題是後面的合唱。除此之外，貝多芬的第三號《英雄》與第七號交響曲的慢板樂章也都極重要，裡面各容納了一個與主題相互表裡的送葬主題，令人不得不側目。但不管如何驚險，都不如馬勒這最後一個樂章的表情豐富，這個馬勒的最後作品，崢嶸奇絕，如果以美術來比喻，馬勒的這個樂章不採取平面畫作的方式，而是採用雕塑的方式，所以在檢視整個「畫面」時，得注意到二度空間之外的事。

由此證明，馬勒一直到臨終，都不是個單純又平靜的人。

慢板

25 敬悼兩位音樂家

　　去年（2013）四月在世界樂壇殞落了兩顆星星，即指揮家柯林・戴維斯，與大提琴演奏家亞諾・史塔克。

　　先說前者。柯林・戴維斯是一位英國籍的指揮家，年輕時專習單簧管，曾投身樂團，也獨立演奏過，心想做指揮卻無由，一般指揮雖不須通曉所有樂器，但必須熟諳鋼琴，他鋼琴不行。後來他有機會加入名指揮克倫培勒指揮的樂團，一次克倫培勒生病，臨時由他代班指揮歌劇《唐・喬凡尼》，他臨危不亂，把樂團帶領得有聲有色，因而一炮而紅。但論起指揮事業，他始終不如二十世紀一些有「明星」氣勢的指揮家有名，所指揮的樂團，也不包括像柏林愛樂、維也納愛樂或阿姆斯特丹皇家大會堂樂團的「偉大」，好像不算指揮界的熠熠之星，他在「淡出」音樂界之前，曾擔任過倫敦愛樂的首席指揮（1995年），算是一生最高的成就了。

戴維斯指揮過德國德勒斯登國立交響樂團演奏過貝多芬的交響曲全集，莊重典雅，在唱片界也有好評，他的幾首西貝流士的交響曲也錄得好，但我認為他的重要不在此。他雖然是一位獲女王頒贈勳位的英國籍音樂家，卻對法國作曲家白遼士的作品最有鑽研，也很有心得，在市面上，所能找到最普遍又最好的白遼士的錄音，好像非他的莫屬。

　　在1968年至1979年之間，他在Philips錄了幾首白遼士規模很大的曲子，包括交響劇《羅密歐與茱麗葉》（*Roméo et Juliette*）、《浮士德的天譴》（*La Damnation de Faust*），及聖樂《基督的童年》（*L'Enfance du Chist*）與《安魂曲》（*Requiem*），還有由交響樂團伴奏的歌曲像《克麗奧佩特拉之死》（*La Mort de Cléopâtre*）等的，都十分注意細節，氣勢也恢宏得很。

　　就以《安魂曲》為例，我聽過的唱片很多，最早聽的是孟許在50年代指揮波士頓交響樂團演出的那兩張RCA老唱片，場面浩大得不得了，起初聽來，就有振聾發聵的味道，終曲〈羔羊經〉（Agnus Dei）要結束之前，定音鼓輕敲，好像人的心跳，越跳越慢，聲音越來越遠，說明人的有形生命必定告終，而告終不見得是絕然的結束，死亡在某個層面上講，也算是另一個生命的起始。這段音樂極有哲學意涵，卻比哲學有更多的想像。

　　白遼士是個音響專家，他的音樂極講音效，當然也使得他的一些作品熱鬧極了。但有時音效也會毀了音樂，過分「賣

冬夜繁星

弄」的話，會讓人目眩神移的轉變了方向而不自知，原本聽音樂（尤其像聽安魂曲之類的）的那種虔敬莊重心情少了，哲學的感受也少了，所得不見得償於所失，這是我聽了李文（James Levine, 1943-）指揮柏林愛樂（由帕華洛帝擔綱獨唱）的那兩張《安魂曲》唱片之後才有的感想。再回頭聽戴維斯所指揮的同一曲子，才知道他的本事，哲學與藝術交融的底蘊又呈現了，他的白遼士比李汶的要耐聽得多。他善於把握白遼士的華麗，卻從不被外表的華麗迷惑，所以他指揮的安魂曲，雖然錄音老了些，但懂音樂的人還是欣賞它。

　　2000年，倫敦交響樂團幫他出了套白遼士集，標榜的是現場錄音的唱片（LSO Live），這套唱片的評價很高，不論演奏演唱與音效都不錯，空間感尤其好，比起以前的Philips版又多了氣魄雄偉的《特洛伊人》（Les Troyens），但奇怪的是像《羅密歐與茱麗葉》、《基督的童年》與《浮士德的天譴》，在我看來有一點不如以前的神完氣足，這是我個人的看法，不能算是公論。但不管怎麼說也得承認，戴維斯對白遼士的貢獻始終如一。

　　再談史塔克。這位音樂家原籍匈牙利，提起這籍貫，不由得不想起在美國與歐洲一大票有名的指揮家，如塞爾（Georg Szell, 1897-1970）、杜拉第（Antal Doráti, 1906-1988）、費里克塞（Ferenc Fricsay, 1914-1963），還有蕭提（Georg Solti, 1912-1999）等等，都是匈牙利人，在二十世紀的音樂界，老實說他們都是不可或缺的人物。史塔克不是指揮家，而是一位大提琴

敬悼兩位音樂家

演奏家，一位演奏家聲勢不會太大，往來也自由些，他來過幾趟台灣，台灣的樂迷對他也熟。我幾次聽他演出，都是在國父紀念館，那時兩廳院還沒落成，可見是多久之前的事了。

　　由於大提琴的曲目不算多（與小提琴、鋼琴比較起來不多），不像鋼琴家可以專門演出某一位作曲家的作品為有名，譬如顧爾德，只演奏巴哈，最多加一點葡白克與貝多芬，其他就不演奏了，就是他想演奏也不見得有人要聽，因為都是衝著巴哈來聽他的呀。然而一位稱職的大提琴家，大概不管古典派、浪漫派的作品都要演出的，因為沒得挑。

　　史塔克在大提琴界算是有名的，卻不如前輩卡薩爾斯，同輩傅尼葉與羅斯卓波維契的被看重，但他演奏的巴哈六首無伴奏大提琴組曲（Mercury），無論從哪方面說，如果不算唯一的最好，也得算是最好的之一，這套唱片錄於1963年，想不到能有那麼好的效果，特色在於音樂的空間感極好，細緻、沉穩又遼闊無際，是別的唱片不太能達到的。我還有他演奏的貝多芬的五首大提琴奏鳴曲及三組大提琴變奏曲的膠版唱片，錄得比較晚，是1978年所錄，由德國Telefunken公司出版，他拉貝多芬，充滿了英氣，個性有點奇倔孤傲的樣子，與錄巴哈時的沉穩莊重頗有不同，也許錄音時他的心情不一樣吧，不過貝多芬的作品，確實也有奇倔孤傲的成分。

　　他錄過大多數大提琴家都錄過的曲目，譬如布拉姆斯的兩首奏鳴曲，舒曼與德伏乍克的協奏曲，還有鮑可里尼、法雅的一些大提琴曲子，都錄得不錯，但我對他錄的巴哈無伴奏還是

冬夜繁星

上：戴維斯指揮的白遼士名曲集。 下：史塔克所錄巴哈無伴奏大提琴組曲。

情有獨鐘。這套唱片我陸續買過五六次，幾次朋友學生在我家，聽了臉上顯出感動的表情，我問他喜不喜歡呢，他點點頭，就將所放的慨然相贈，因為我知道市面Mercury唱片不很好找，再加上世間「知音」難遇的緣故。

　　兩位音樂家走了，還好留下一堆唱片，讓人還可藉以懷念。我記得羅馬尼亞籍的指揮家傑利畢達克曾說，音樂是時間的藝術，音樂只有在現場演出時是存在的，所以他反對錄音、反對出唱片，對他來說，唱片裡的聲音像「罐頭裡的豆子」，豆子還是豆子，卻缺乏生命了。傑氏的說法在理論上不見得不能成立，但反對錄音，卻讓音樂只能迴盪在很小的範圍之內，無緣接觸更多需要接觸它的人。對現代許多人來說，聽唱片其實是聆樂的第一現場，喇叭中傳來的音樂，並非虛幻，而是真真實實的存在。同一種音樂在不同時段中聽來，都可能有全新的感受，而這種感受往往是唯一的，不見得能重複、能再製。

　　要記得，音樂是時間的藝術，只有一次，生命也是。

冬夜繁星

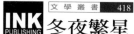

文學叢書　418

INK PUBLISHING

冬夜繁星
——古典音樂與唱片札記

作　　者	周志文
總 編 輯	初安民
責任編輯	宋敏菁
美術編輯	林麗華
內頁攝影	黃昶憲　周志文
校　　對	吳美滿　周志文　宋敏菁

發 行 人	張書銘
出　　版	INK印刻文學生活雜誌出版有限公司
	新北市中和區建一路249號8樓
	電話：02-22281626
	傳眞：02-22281598
	e-mail：ink.book@msa.hinet.net

網　　址	舒讀網http：//www.sudu.cc
法律顧問	漢廷法律事務所
	劉大正律師
總 代 理	成陽出版股份有限公司
	電話：03-3589000（代表號）
	傳眞：03-3556521
郵政劃撥	19000691 成陽出版股份有限公司
印　　刷	海王印刷事業股份有限公司

港澳總經銷	泛華發行代理有限公司
地　　址	香港筲箕灣東旺道3號星島新聞集團大廈3樓
電　　話	(852) 2798 2220
傳　　眞	(852) 2796 5471
網　　址	www.gccd.com.hk

出版日期	2014年10月　初版
ISBN	978-986-5823-94-8

定　價　　280元

Copyright © 2014 by Chihwen Chow
Published by INK Literary Monthly Publishing Co., Ltd.
All Rights Reserved
Printed in Taiwan

國家圖書館出版品預行編目資料

冬夜繁星——古典音樂與唱片札記／周志文著；
--初版，--新北市：INK印刻文學，
2014.10　面；14.8 × 21公分（文學叢書；418）
ISBN　978-986-5823-94-8（平裝）

855　　　　　　　　　　103017027

版權所有‧翻印必究
本書如有破損、缺頁或裝訂錯誤，請寄回本社更換